KB268357

Emperor Sword

엠페러 소드

대호 퓨전 판타지 소설
FUSION FANTASTIC STORY

엠페러 소드 3

대호 퓨전 판타지 소설

초판 1쇄 찍은 날 § 2010년 12월 30일
초판 1쇄 펴낸 날 § 2011년 1월 6일

지은이 § 대호
펴낸이 § 서경석

편집팀장 § 서지현
편집책임 § 주소영
편집 § 어정원

펴낸곳 § 도서출판 청어람
등록번호 § 제1081-1-89호
등록일자 § 1999. 5. 31
어람번호 § 제1-1214호

주소 § 경기도 부천시 원미구 심곡2동 163-2 서경B/D 3F (우) 420-822
전화 § 032-656-4452 팩스 § 032-656-4453
http://www.chungeoram.com
E-mail § chungeoram@chungeoram.com

ⓒ 대호, 2010

ISBN 978-89-251-2400-1 04810
ISBN 978-89-251-2355-4 (세트)

Emperor Sword

엠페러 소드

③

FUSION FANTASTIC STORY

대호 퓨전 판타지 소설

Contents

Emperor Sword

CHAPTER 01
실력을 드러낸 페르제

펑, 펑, 펑.

폭죽이 터졌다.

맑은 가을 하늘에 화려한 색의 종이 띠가 사방으로 퍼져 나

갔고, 형형색색의 꽃잎이 휘날렸다.

"우와아아!"

학생들은 저마다 신나게 함성을 내질렀다.

그 가운데 유독 표정이 굳은 학생이 있었다.

"엄청난 돈 지랄이군."

아무나 할 수 없으면서 하고 나서 욕먹는 게 바로 돈을 쏟

아붓는 짓이다.

한숨을 내쉬는 루트의 눈에 떨어지는 종이와 꽃잎이 돈처럼 보였다.

그나마 다행인 건 학생들이 즐거워하고 있다는 거다.

곧 요란한 복장을 한 광대들이 무대에 올랐고, 경쾌한 음악이 연주되었다.

루트는 다시 한 번 한숨을 쉬고 마음을 안정시킨 뒤 무대가 비워지자 걸음을 옮겼다.

말을 하려던 루트는 신입생 환영회 때와 달리 많이 소란스러운 걸 느꼈다. 그래서 결국 학생회에 속해 있는 마법학부 학생을 불러들였다.

마법학부 학생은 땀방울을 뻘뻘 흘려가며 루트의 앞에 마법진을 그렸다.

"아아, 음성 테스트, 음성 테스트."

목소리는 선명했고, 예상보다 컸다. 하지만 그 덕에 학생들은 루트를 향해 시선을 집중할 수 있었다.

루트는 두통을 억누르고 미소를 지었다.

"다들 들어서 알겠지만 내 이름은 루트 반 나틴이다. 현재 학생회 부회장을 맡고 있지."

학생들은 잔뜩 기대하며 루트의 이어질 말을 기다렸다.

"어차피 길게 이야기해 봐야 지루하기만 할 테지? 그러니 짧게 끝낸다. 자, 오늘은 로열 아카데미 축제의 날이다. 모두들 신나게 즐기도록."

루트가 한 걸음 물러나자 약속이라도 된 것처럼 음악대가 연주를 시작했다.

빰빠밤, 빰빰, 빠바바빰 빰빰!

"우와아아아아아아!"

요란한 음악 소리와 학생들의 함성을 시작으로 축제가 시작되었다.

축제는 성대하게 치러지고 있었다.

제국에서 보기 힘든 희귀한 동물들이 무대에 올라 조련사들의 지시에 따랐다.

때로는 장난스럽고 때로는 위협적이기도 한 그 묘기에 학생들은 웃음을 터뜨렸고, 가슴을 졸이기도 했다.

그다음 순서는 마법사들의 쇼였다.

하늘을 향해 화려한 불꽃을 터뜨리기도 했고, 허공에 마법으로 글자를 만들기도 했다.

역시 학생들의 반응은 환호성으로 돌아왔다.

감상하기 좋은, 하지만 무대에서 적당히 떨어진 자리에 페르제가 있었다.

페르제 역시 축제를 보며 미소를 지었다.

축제가 화려하면 할수록 승자에게 돌아갈 영광이 컸다. 거기다 자신이 검투 시합에서 우승을 한다면 기껏 도로시 공주가 준비했던 계획을 망칠 수 있었다.

그건 곧 자신의 승리로 이어질 것이다.

페르제는 그렇게 생각하며 천천히 몸을 돌렸다.

"성과는 있었나?"

하네스가 고개를 숙였다.

"대부분 수색이 끝났습니다. 이제 남은 건 한 곳인데 아직 확인하지 못했습니다."

페르제는 만족스러운 표정을 지었다.

아버지의 사촌동생인 페릭 루틴에게 편지를 받은 이후 하네스에게 일을 맡겼다.

하네스는 우선 체로키의 생활을 조사했다.

기상 시간과 아침은 언제 먹는지, 학생들과의 관계와 더불어 언제 수련하고 어디를 다니는지를 꼼꼼하게 파악한 것이다.

그러다 알게 된 사실이 있었다.

체로키가 다니는 동굴의 숫자는 많았다. 그 대부분이 수련장이었는데, 그 외에도 학생들이 찾지 않는 열 몇 개의 동굴을 순찰하고 있었다.

그나마 다행인 건 검투 시합의 열풍이었다.

우승자가 도로시 공주의 댄스 파트너가 된다는 소문이 돌
자 기사학부의 학생들이 너도나도 수련장을 찾은 탓이었다.

체로키는 몇몇 동굴을 제외한 나머지를 학생들에게 제공
했고, 그 덕에 확인이 더욱 수월해진 것이다.

"그럼 남은 동굴에 그 물건이 있겠군."

"예. 아마도 그 안쪽에 있을 거라고 예상됩니다."

하네스의 대답은 자신감에 차 있었다.

애초부터 없었다면 모를까, 동굴에 숨겨져 있다면 거기가
확실했다. 특히 그 동굴을 향한 체로키의 은밀한 시선이 그걸
증명하고 있었다.

페르제는 고개를 돌려 무대 저편에 있는 체로키의 모습을
살폈다.

체로키의 공식 직함은 로열 아카데미 경비기사단의 단장
이었다. 그 때문에 혹시나 있을 검투 시합의 불상사를 막기
위해 기사들과 함께 대기하고 있었다.

"확실히 이런 행사를 하는데 빠질 수는 없겠지."

페르제는 웃으며 말한 뒤 옐로우 스톤을 향해 고개를 돌렸
다. 다행히 그쪽에 시선을 두는 학생은 없었고, 은밀하게 움
직이기 좋았다.

"최대한 시선을 붙잡아두겠다. 확실하게 처리하도록."

"예."

대답을 마친 하네스는 열 명의 학생과 함께 자리를 떴다.

페르제는 축제를 즐기려는 듯 다시 무대를 향해 고개를 돌렸다.

"도로시 공주, 댄스 파티는 외롭겠어."

페르제의 입가에 미소가 걸렸다.

"그럼 검투 시합을 시작하겠습니다."

요란한 함성과 함께 검투 시합이 시작되었다.

수많은 도전자들은 무대를 향해 움직였다.

그들 중 일부는 잔뜩 긴장한 표정이었고, 일부는 기대에 찬 눈빛이었다.

'왠지 불길해.'

루트는 초조한 듯 마른침을 삼키며 첫 번째 시합의 도전자를 호명했다.

무대에 오른 학생은 커다란 덩치에 흉한 얼굴을 가지고 있었다. 몬스터의 가죽을 뒤집어썼다며 모두가 오해할 정도로 말이다.

"어, 저거 팔모슨 아냐?"

"맞아. 팔모슨이야. 하긴 우승자가 도로시 공주님의 파트너가 된다고 했으니 저 녀석이 안 나올 리가 없지."

학생들의 수군거림을 뒤로하고 우악스러운 인상의 팔모슨

이 힘껏 주먹을 쳐들었다.

"공주님의 파트너는 나다. 누구든 덤벼라."

다소 낯간지러운 말을 당당하게 할 수 있는 그 용기에 학생들의 야유가 쏟아졌다.

그런 팔모슨의 행태에 루트는 두통을 느껴야 했다.

'너 같은 녀석이 우승하면 정말 곤란해.'

루트는 우쭐거리는 팔모슨과 그 옆에 있는 도로시 공주가 떠오르자 자신도 모르게 머리를 흔들었다.

그때 팔모슨의 상대가 호명되었다.

"도전자, 홀스타인 론 반쉬."

"이거 우연인가?"

홀스는 의심을 지울 수 없었지만 따질 수도 없었다.

분명 도전자들의 이름이 적힌 나무패를 통에 넣고 섞어서 무작위로 뽑았다.

자신도 그 자리에 참석하지 않았던가?

그럼에도 첫 시합 첫 상대가 팔모슨이었으니 찜찜해도 어쩔 수 없었다.

클레이븐이 홀스의 어깨를 가볍게 두드렸다.

"잘해봐라."

"예, 형님. 이번엔 확실히 이기겠습니다."

홀스가 무대에 오르자 팔모슨이 이를 빠드득 갈았다. 신입생 환영회 때의 실수가 떠올랐던 것이다.

이번 시합은 그때의 불명예를 설욕할 기회였다.

심판이 두 사람 사이에 끼어들었다.

"검투 시합이니 무기를 사용할 수 있다. 무대 옆에 치료 신관이 있지만 가급적 치명적인 공격은 삼가도록. 그리고 규칙은 간단하다. 상대가 졌다고 하기 전까지 공격을 계속할 수 있고, 경우에 따라서는 심판의 재량으로 시합을 중지시킬 수 있다."

규칙 설명이 한참을 이어지자 팔모슨이 짜증을 내었다.

"알았다고. 그러니 물러서."

팔모슨은 잔뜩 흥분한 투로 팔을 풍차처럼 휘둘렀다.

몸을 풀기 위한 동작치고는 무척 과장되어 있어 결국 심판은 몇 가지 당부만 한 뒤 물러섰다.

홀스는 긴장한 얼굴로 팔모슨을 쳐다봤다.

얼마 전 가르트가 데려온 녀석들을 쓰러뜨리며 어느 정도 자신감을 회복했다. 하지만 신입생 환영회의 첫 시합 때 팔모슨의 무식한 힘을 경험했기에 조심스러운 건 사실이었다.

홀스와 팔모슨의 시선이 부딪쳤다. 두 사람의 눈빛에서 불꽃이 튀는 것 같았다.

"시합 개시."

심판의 말이 끝나자 팔모슨이 두 팔을 활짝 벌렸다.

“그때처럼 해보자.”

단번에 그 의미를 알아차린 홀스는 약간 망설였지만 곧 팔을 활짝 펼쳤다.

이제는 밀리지 않을 것 같은 자신감에서였다.

홀스와 팔모슨은 서로를 향해 달려들어 이전처럼 두 손을 맞잡았다.

그때 황당한 일이 벌어졌다.

둘이 손을 맞잡은 순간, 어이없게도 팔모슨의 몸이 기울어졌다. 아니, 정확히 말하면 몇 걸음 물러나더니 그대로 쓰러져 버렸다.

더 웃긴 건, 서로 힘을 준 상태로 손을 맞잡고 있었기에 홀스 역시 앞으로 넘어졌다는 것이다.

두 사람이 바닥에 포개져 몸을 밀착시킨 상태로 정적이 흘렀다.

잠시 후, 학생 하나가 웃음을 터뜨렸다.

“푸하! 저게 뭐 하는 짓이냐!”

“아우, 민망해라.”

학생들의 야유에 홀스와 팔모슨의 얼굴이 붉어졌다.

“어머! 부끄러워하는 것 봐.”

여학생들의 날카로운 목소리까지 들리고 있었다.

사실 학생들이 보는 것과 다르게 홀스와 팔모슨은 당황해하고 있었다.

홀스는 팔모슨의 힘을 의식해 처음부터 최대한 힘을 끌어냈다.

반대로 팔모슨은 이전처럼 힘자랑으로 누르기보다 자신이 당했던 걸 되갚아주려 했다. 힘으로 밀리는 척하면서 상대를 넘길 생각이었던 것이다.

하지만 최선을 다한 홀스의 힘은 팔모슨의 예상을 뛰어넘었고, 그 결과 지금과 같은 상황이 벌어져 버렸다.

팔모슨은 얼굴이 시뻘게진 채로 소리쳤다.

"제길! 비켜!"

"아, 예. 비켜야죠."

당황한 홀스 역시 팔모슨에게서 벗어나기 위해 버둥거렸다.

하지만 그게 실수였다.

원체 무식한 두 사람이었고, 상황이 다급했다. 벗어나려는 마음만 앞서다 보니 서로의 손가락이 맞물려 있음을 잊어버린 것이다.

그 탓에 두 사람의 움직임은 사랑하는 남녀 사이에서나 벌어지는 몸부림 같았고, 서로에게 벗어나려 할수록 더욱 격렬해졌다.

"푸하하하! 거기가 여관이냐?"

“야, 내려와! 남자끼리 뭐 하는 짓이냐?”

열렬한 고함과 비판, 야유가 사방에서 터져 나왔다.

팔모슨과 홀스는 더욱 다급해졌다.

이게 무슨 추태란 말인가.

“비켜! 안 비켜? 너, 죽을래?”

“아뇨. 비킵니다, 비켜요.”

“이 자식이, 감히 날 변태로 만들어?”

“저도 피해자라고요. 근데 좀 가만히 있어봐요.”

홀스와 팔모슨이 티격태격하는 모습에 루트는 두 손으로 얼굴을 가렸다.

‘어쩐지 불길하더니. 결국 사고를 치는구나.’

루트는 한숨을 내쉬며 심판에게 소리쳤다.

“저 둘을 떨어뜨려 봐!”

그제야 정신을 차린 심판이 홀스와 팔모슨에게 다가갔다.

“일단 손을 풀어.”

심판의 침착한 지시에 홀스와 팔모슨은 뜨거운 연인 사이에서 갈라진 연인 사이로 바뀌었다.

마주 본 홀스와 팔모슨 사이로 찬바람이 불었다.

팔모슨이 이를 빠드득 갈며 말했다.

“나에게 수치를 주다니. 이놈, 죽어 버리겠다.”

“마찬가지랍니다.”

홀스 역시 주먹을 불끈 쥔 채 팔모슨을 노려봤다.

곧 두 사람이 동시에 움직였다.

"받아라!"

팔모슨은 강력한 일격을 위해 팔을 뒤로 돌리며 달려왔다.

홀스 역시 한 방에 끝내려는 듯 힘껏 땅을 박차며 몸을 날렸다.

두 사람의 주먹이 빗나가며 허공을 때렸다.

콰직!

뭔가가 깨지는 소리가 선명하게 울리고 팔모슨이 천천히 뒤로 넘어갔다. 눈이 돌아간 채 거품을 무는 걸 보니 완전히 기절한 것 같았다.

홀스 역시 눈동자가 제자리를 찾지 못해 빙글빙글 돌았고, 어지러운 듯 휘청거리고 있었다.

심판은 황당해하며 홀스와 팔모슨을 번갈아 봤다.

루트는 인상을 와락 찌푸리더니 한숨을 내쉬었다.

다른 사람들은 너무도 순식간에 벌어진 일에 놀라 눈만 깜빡거렸다.

하지만 루트는 확실하게 볼 수 있었다.

홀스가 땅을 박차는 순간, 모습이 흐릿해질 정도로 빨리 튀어나갔다. 그 탓에 두 사람의 주먹은 빗나갔고, 오히려 홀스의 이마가 팔모슨의 턱을 받아버렸다.

충격을 받은 팔모슨이 쓰러진 것과 홀스가 어지러워하는
건 그런 이유에서였다.

"하아, 첫 시합이… 첫 시합이……."

루트는 이 황당하고 어이없고 짜증나는 결과에 울고 싶은
심정이었다.

"심판, 판정을 내려!"

루트가 버럭 고함을 지르자 심판은 그제야 홀스의 팔을 들
어 올렸다.

"승자 홀스타인."

심판의 선언에 엄청난 야유가 쏟아졌다.

정말 다행인 건 그때까지도 홀스는 정신을 차리지 못했다
는 것이다.

루트의 바람대로 검투 시합은 점점 열기를 띠고 있었다.

첫 시합의 추태는 금방 잊혀졌고, 학생들은 승자를 향해 충
분한 환호성을 질러주었다.

그럴수록 루트는 초조해졌다.

혹시나 싶어 레인의 이름을 마지막 시합으로 돌려놨다. 하
지만 틈틈이 살펴봤음에도 레인의 머리카락조차 보이지 않아
속이 타고 있었다.

이번 시합이 끝나고도 나타나지 않으면 기권이었다.

“클레이븐 반 플루토.”

심판이 외치자 클레이븐이 무대 위로 올라왔다.

이미 작정을 한 듯 무거운 갑옷은 벗어던진 채로였다.

“페르제 드욘 루틴.”

심판이 상대를 호명하자 클레이븐은 눈살을 찌푸렸다.

다른 사람도 아닌 페르제가 이런 검투 시합에 나올 줄은 몰랐다.

더욱이 자신이 아는 페르제는 특별한 능력이 없었고, 이렇게 뒤엉켜 싸우는 걸 품위없다고 생각하고 있었다.

그런 클레이븐 앞에 페르제가 섰다.

특유의 오만한 표정과 자부심에 가득 찬 붉은 눈빛이 선명했고, 오히려 클레이븐을 향해 웃고 있었다.

클레이븐은 심리적으로 약간 위축되는 것을 느꼈다.

‘하지만 양보할 수 없다.’

그렇게 마음먹은 클레이븐은 천천히 자세를 잡았다.

그때 페르제가 말을 걸었다.

“무기를 들지 않아도 되나?”

클레이븐은 주무기가 커다란 바스타드 소드였지만 이런 검투 시합에서까지 검을 들 생각은 없었다.

적어도 레인을 만나기 전까지는.

사실 클레이븐의 실력이라면 이 정도 수준의 검투 시합은

의미가 없었다. 다만 참가자 명단에서 레인을 봤기에 신청을
한 것뿐이다.

물론 레인을 이길 수 있으리라는 생각은 하지 않았다.

하지만 부쩍 늘어난 실력으로 인해 쉽게 지지는 않을 것 같
다는 판단에서였다.

무엇보다 자신의 실력을 확인해 보고 싶다는 게 우선이었
다.

페르제의 여유로운 제안에 클레이븐은 고개를 저었다.

"아니. 괜찮다."

"후회할지도 몰라."

"글쎄? 과연 그럴까?"

클레이븐의 자신만만한 말에 고개를 끄덕인 페르제는 천
천히 주위를 한번 둘러봤다.

학생들의 시선이 자신에게 머물러 있었다.

일부는 기대하는 눈빛으로, 일부는 걱정하는 눈빛으로, 또
일부는 증오에 찬 눈빛으로.

페르제는 피식 웃었다.

'저들은… 나를 다시 보게 될 것이다.'

그때 심판이 소리쳤다.

"시합 시작!"

페르제가 천천히 왼손을 들자 클레이븐이 달려들었다.

가볍게 내지른 주먹이었다.

그 주먹은 페르제의 왼손을 향해 빨려들 듯이 움직이더니 이내 옆으로 비켜 나갔다.

클레이븐은 살짝 인상을 찌푸리더니 두 주먹을 번갈아가며 내뻗었다.

이번에도 마찬가지였다.

마치 마법처럼 페르제의 몸통을 노리던 주먹은 왼손을 향해 움직였고, 가벼운 접촉 후 옆으로 밀려나 버렸다.

클레이븐은 방법을 바꾸기로 했다.

슬쩍 뒤로 물러나는 척하다 갑자기 돌격했다.

땅을 박찬 힘에 상체를 숙였고, 단단한 근육으로 이루어진 몸통이 그대로 쏘아졌다.

동시에 페르제의 몸이 움직였다.

앞으로 내밀어진 왼손이 슬쩍 아래로 움직인다 싶은 순간, 페르제의 몸이 반원을 그렸다.

클레이븐의 커다란 덩치가 하늘로 떠올랐다. 그리고 쿠당탕 하는 요란한 소리를 내며 바닥을 굴렀다.

페르제는 가볍게 손을 내렸다.

마치 클레이븐 혼자 달려들다 나둥그러진 것 같았다.

“어?”

구경하던 학생들은 눈앞의 광경이 믿기지 않아 눈을 깜빡거렸다.

가장 놀란 건 클레이븐이었다.

몸통박치기는 체중이 실린 공격이었다. 미리 알고 피한다면 모르겠지만 일단 부딪친다면 충격을 받는다.

하지만 아무런 느낌이 없었다.

그저 땅이 꺼지고 몸이 솟아오른 것밖에는.

클레이븐은 이를 악물고 벌떡 일어나 페르제를 노려봤다.

"무슨 방법을 쓴 거지?"

"단순한 방어."

여전히 자신만만한 목소리에 대답은 그것으로 충분하다는 표정이었다.

클레이븐은 신중한 표정으로 페르제와의 거리를 좁혔다.

파파팡!

빠르게 뻗은 주먹은 또다시 페르제의 왼손에 걸렸다.

때로는 몸 쪽으로, 때로는 바깥쪽으로 튕겨 나갔고, 심지어 클레이븐의 중심을 흐트러뜨리기도 했다.

그런 공방이 계속되는 가운데 홀스는 몇 번이나 고개를 갸웃거렸다.

콘티엘이 그런 홀스에게 물었다.

"왜 그래?"

"아, 아냐. 그냥 좀… 이상해서."

홀스답지 않게 자신없는 말투였다.

그때 클레이븐의 움직임이 빨라졌다.

퍼퍼퍼펑!

순식간에 뻗어나가는 주먹은 눈에 보이지도 않을 정도였다.

페르제는 살짝 인상을 찌푸리더니 오른손을 들었다.

앞으로 나온 두 개의 손바닥은 클레이븐의 모든 공격을 흘려버렸다.

'흐음.'

클레이븐은 이를 악물며 페르제의 두 손 사이로 온 힘을 다해 주먹을 뻗었다.

스르륵, 휘릭.

마치 회오리 중심에 손을 집어넣은 것 같았다.

클레이븐이 그렇게 생각하는 순간 몸이 빨려들어 갔고, 두 다리가 공중으로 떠올랐다.

터엉!

또다시 클레이븐의 등이 바닥에 부딪쳤다.

"어?"

홀스는 몇 번이고 눈을 깜빡거렸다.

처음에는 긴가민가했지만 이제는 거의 확실했다.

아니, 정확히 알지는 못했다. 하지만 저것과 비슷한 기술을 체로키가 사용했었다.

홀스는 혹시나 싶어 무대를 지켜보고 있는 체로키에게 고개를 돌렸다.

체로키 역시 약간 놀라는 듯 했지만 곧 고개를 저었다.

'비슷하지만 다르다.'

홀스나 클레이븐이 본다면 오해할 수 있지만 자신은 확실히 다르다는 것을 알 수 있었다.

대륙, 그리고 제국에는 수많은 클랜이 있었다.

그들은 독자적인 무술을 가르쳤기에 각각 클랜만의 특성이 있었지만, 의외로 교류를 통해 새로운 기술을 받아들이기도 했다.

방금 페르제가 펼친 건 일종의 상대의 힘을 흘린 뒤 반격하는 기술로 상당히 난이도가 높았다.

체로키가 쓸 수 있는 만큼 어느 정도 수준에 이른 자라면 충분히 가능하다는 말이었다.

'그건 저 녀석도 상당한 실력자라는 말인데.'

체로키는 날카로운 눈빛으로 페르제를 살폈다.

옷에 가려졌지만 그의 신체는 특별하지 않았다.

언뜻 봤을 때 약간 마르고 호리호리한 정도랄까.

체로키의 시선이 페르제에게서 홀스에게 옮겨졌다.

'가능성이 있긴 하군.'

홀스의 우람한 덩치에서 쓸데없는 부분을 빼고 혹사시킨 결과 몸이 거의 해골처럼 바뀌었다. 그런 상태에서 체계적인 단련을 통해 밀도가 높은 근육을 키우자 지금은 보통 사람들과 비슷하게 보였다.

만약 페르제 역시 같은 방식으로 수련했다고 하면 저 얇은 몸매도 이해가 되었다.

'문제는 클레이븐도 그 과정을 거쳤다는 건데, 그럼 단계가 훨씬 높다는 건가?'

그건 거의 레인과 같은 수준의 수련을 했다는 말과 같았다.

하지만 체로키는 다시 고개를 저었다.

자신이 알기로 그게 가능한 사람은 칸젤과 세이렌밖에 없었다.

단순히 수련의 강도를 높인다고 되는 게 아니었다.

그걸 버틸 수준의 근육과 신체를 만들기 위해서는 수많은 영약이 필요했고, 적절한 배합 역시 필수였다.

잘 모르는 사람이 시도했다가는 오히려 몸을 망치기 딱 좋았다.

'그나저나 이런 상황이라면 클레이븐도 진심이 될 텐데.'

아니나 다를까, 체로키의 걱정이 현실로 드러났다.

무대에서 벌떡 일어난 클레이븐은 천천히 몸을 돌려 페르제를 쳐다봤다.

아까부터 공격이 실패해 초조해하던 모습은 온데간데없이 사라지고 없었다.

클레이븐의 몸에서 무시무시한 기세가 뿜어져 나왔다.

"너를 상대로 이렇게까지 하고 싶지 않았다. 하지만 이제 인정하지, 너 역시 충분한 실력을 가졌다는 걸."

클레이븐은 그렇게 말하며 아까보다 자세를 낮추었다.

이전에 레인과 싸울 때는 정제되지 않은 마나로 신체를 활성화시키는 게 고작이었다. 하지만 한 번의 패배와 체로키의 세심한 지도는 클레이븐을 더욱 성장시켰다.

클레이븐이 주먹을 불끈 쥐었다.

마치 바람이 빨려드는 것 같은 소리가 들렸고, 주먹이 파란 빛을 뿜어내었다.

페르제의 붉은 눈동자가 잠시 흔들렸다.

"실력을 감추고 있었군."

"아니, 드러낼 기회가 없었을 뿐이다."

클레이븐이 그렇게 말하며 움직이려 했다.

페르제의 얼굴에 여유가 돌아왔다.

"그건 나도 마찬가지야."

"뭐?"

클레이븐은 실력을 한계까지 끄집어낸 상태였다.

그런 그도 적지 않게 놀라야 했다.

페르제는 빙긋 웃으며 손을 들었다. 하얗고 가느다란 손가락 끝에서 불꽃이 피어올랐다.

"서, 설마 화염술사?"

"그래."

페르제는 그렇게 대답하며 주먹을 쥐었다.

맹렬히 타오르는 불꽃이 그의 주변을 휘감았다.

Emperor Sword

CHAPTER 02
오해의 시작

언제부턴가 대륙에는 특별한 능력을 타고나는 사람들이
태어났다.

그들은 마법 수련이나 정령 친화력이 없이 사대원소를 다
룰 수 있었는데, 사람들은 이들을 원소술사라 칭했다.

원소술사의 능력은 주로 여섯 주신과 관련이 있었다.

불과 물, 바람과 대지.

간혹 빛과 어둠의 능력을 사용하는 원소술사도 나타나긴
했지만 매우 드물었다.

원소술사 중 화염술사는 불을 다루는 데 있어 마법사보다

빨랐고, 정령사보다 정교했다.

위력은 개개인의 수련에 따라 차이가 있지만 결코 마법사나 정령사보다 못하다고 할 수 없었다.

때문에 수많은 강자들도 원소술사와 겨루는 걸 꺼려했다.

클레이븐은 긴장된 눈빛으로 정면을 쳐다봤다.

눈앞에 바로 그 화염술사가 있었다.

페르제는 만족스러워했다.

검투 시합에 참가한 첫 번째 목적은 도로시 공주의 계획을 엉망으로 만드는 것이었다.

자신이 우승함으로써 그녀의 기대가 물거품이 될 테니까.

두 번째는 학생들의 생각을 바꾸는 것이었다.

제국 최고의 루틴 공작 가문, 그리고 자신은 그 공작가를 이을 계승자였다. 자신을 지지하는 학생들은 그 배경을 보고 모여들고 있었다.

이젠 아니었다.

실력으로 충분한 자격이 있음을 증명하고 그들에게서 충성을 받고 싶었던 것이다.

마지막 세 번째는 동굴로 들어간 하네스가 임무를 마칠 때까지 학생들의 시선을 붙잡는 것이었다.

그건 확실히 성공했다.

지금 무대 주위에 있는 수많은 학생들은 클레이븐이 아닌 자신을 보고 있었다.

무척 놀라운 표정으로.

페르제가 손가락으로 원을 그리자 불꽃이 따라 움직였다.

"어때? 이 정도면 해볼 만하지 않겠어?"

페르제의 말투는 여전히 오만하고 자신감이 가득 차 있었다. 또 주변을 감고 있는 불꽃과 그의 붉은 머리카락은 무척 잘 어울렸다.

"어느 정도는."

클레이븐은 조심스럽게 고개를 끄덕였다.

여전히 페르제는 레인보다 대단하게 느껴지지 않았다. 비록 화염술사라 해도 말이다.

자신은 이전에는 몸속에 자리 잡은 마나를 외부로 뿜어내지 못하고 오로지 신체의 능력만을 끌어올렸다.

지금은 달랐다.

단순히 마나의 양만 늘어난 것이 아니라 이전보다 섬세하게 다룰 수 있었다. 지금처럼 외부로 뿜어낼 수 있는 경지에 다다른 것이다.

자신감을 되새긴 클레이븐이 움직였다.

모습이 흐릿해질 정도로 앞으로 튀어나가더니 파란 섬광이 쏘아졌다.

피잉. 화르르륵.

페르제의 앞에 펼쳐진 얇은 화염의 막이 찢겨져 나갔다.

그 사이로 뻗어나간 주먹과 페르제의 손바닥이 부딪쳤다.

파앙!

압축된 공기가 터져 나가는 소리가 선명하게 울리고, 거의 동시에 물러난 두 사람이 다시 달라붙었다.

클레이븐의 주먹이 파란빛을 뿜어내며 수십 개의 섬광을 만들었다.

페르제 역시 불꽃으로 앞을 막아 클레이븐의 힘을 흐트러뜨리고 반격했다.

그 짧은 공방은 우열을 가리기 힘들 정도였다.

하지만 페르제는 화염술사였다.

터텅!

묵직한 소리와 함께 클레이븐이 튕겨져 나갔다.

클레이븐은 자세를 낮추더니 수십 번의 공격 동안 참고 있던 숨을 몰아쉬었다.

그때 클레이븐의 눈동자가 커졌다.

갑자기 머리 위에서 불꽃으로 만들어진 새가 떨어진 것이다.

"흡!"

기합과 함께 클레이븐의 주먹이 휘둘러졌다.

맹렬한 휘두름과 풍압에 열기로 이글거리던 불새가 단번
에 찢겨져 나갔다.

"느려."

갑자기 들린 목소리, 어느새 가슴에 닿아 있는 페르제의
손.

콰앙!

클레이븐의 커다란 덩치가 마치 마법이 쏘아지는 것처럼
뒤로 튕겨졌다. 하지만 날아가면서도 몸을 회전시켰고, 왼손
을 무대 바닥에 박아 넣었다.

드드드드득.

겨우 무대 끝에 멈춘 클레이븐, 그의 주위로 박살 난 무대
파편이 흩날렸다.

장외 패는 면했지만 아직 안심하기는 일렀다. 어른 주먹만
한 화염 덩어리가 날아오고 있었던 것이다.

클레이븐의 몸이 옆으로 움직였다.

콰아아앙!

폭음과 함께 클레이븐이 있던 자리가 터져 나갔다.

"흐읍."

짧은 호흡과 동시에 흐려진 클레이븐의 몸이 불쑥 페르제
앞에서 나타났다.

페르제는 약간 당황해하며 급히 손을 흔들었고, 또다시 불

꽃의 막이 살아 있는 것처럼 앞을 막아섰다.

클레이븐은 동요하지 않고 주먹을 뻗었다.

슈악!

파란 섬광이 불꽃을 가르고 페르제의 어깨를 때렸다.

동시에 페르제의 발차기가 클레이븐의 복부에 박혔다.

두 사람은 크게 휘청거렸지만 공격의 고삐를 늦추지 않았다.

또다시 서로의 주먹과 발이 교차되었다.

파파파팡!

너무도 빠른 두 사람의 공방에 지켜보던 이들은 경악하고 있었다.

클레이븐은 소문난 강자였다.

지금 당장 기사단에 들어가도 제 몫을 할 수 있을 정도였고, 규모가 작은 곳이라면 기사단장이 될 수도 있었다.

그건 기사학부의 교수들도 익히 인정한 사실이었다.

페르제는 달랐다.

중급생이 된 지금까지 자신의 실력을 드러낸 적이 없을뿐더러 기사학부도, 마법학부도 아니었다.

더군다나 테일론 제국 최고의 귀족 가문인 루틴 공작가를 계승할 신분이다. 이처럼 직접 싸우는 곳에 몸을 드러낼 위치가 아닌 것이다.

　다른 학생들처럼 체로키는 신중한 표정으로 두 사람의 대결을 지켜봤다.

　클레이븐은 마나를 외부로 돌려 페르제의 불꽃에게서 신체를 보호하고 있었다.

　반대로 페르제는 불꽃으로 클레이븐의 공격을 무디게 하고 반격을 했다.

　단순히 공방만 봐서는 우열을 가리기 어려운 상황.

　'실력은 페르제가 한 수 위지만 실전 경험이 부족하군. 이대로 간다면……'

　체로키의 예상대로였다.

　한 걸음씩 물러나며 클레이븐에게 반격하던 페르제는 문득 뭔가 이상한 걸 느꼈다.

　시야에 잡히는 무대가 점점 넓어지고 있었다.

　자신이 뒤로 밀려나고 있다는 증거였다.

　자존심에 상처를 받은 것일까?

　순간 페르제의 미간에 주름이 생겼다.

　"하압!"

　기합과 함께 페르제의 몸에서 엄청난 열기가 뿜어졌다.

　지금까지 클레이븐의 시야를 방해하던 얇은 불꽃의 막이 거칠게 타올랐다. 마치 화산이 폭발하듯 불똥을 사방으로 튀겨낸 것이다.

화상을 감수하고 밀고 들어가던 클레이븐도 이번만은 뒤로 물러나야 했다.

그만큼 기세가 보통이 아니었다.

"이 정도면 충분하겠지."

누구한테 하는 말일까?

페르제의 목소리가 클레이븐의 귓가에 선명하게 들렸다.

동시에 앞을 막던 불꽃이 요동치더니 순식간에 다섯 개의 불줄기가 되어 날아갔다.

클레이븐은 본능적으로 이 불줄기가 아까와 다른, 그래서 몸으로 막을 수 없는 것임을 느꼈다.

생각보다 움직임이 먼저였다.

클레이븐의 몸이 흐릿해지고, 옆으로 이동하는 순간 불줄기 역시 방향을 틀었다. 하지만 모두 피하지 못해 바닥을 구르고 몸을 일으킨 클레이븐의 어깨에 불꽃이 머물렀다.

클레이븐은 손을 재빨리 움직여 불꽃을 털어냈다.

그때 페르제가 인상을 찌푸렸고, 피부 역시 창백하게 변했다.

'힘을 무리하게 쓴 모양이군.'

클레이븐은 그렇게 판단하며 앞으로 움직였다.

그때, 페르제의 입가에 미소가 지어졌다.

"위험해."

체로키의 말이 끝나기도 전,

콰앙! 화르르륵!

폭음과 함께 클레이븐의 몸이 순식간에 불꽃에 휘감겼다.

클레이븐은 바닥을 뒹굴며 몸에 붙은 불을 끄려고 했지만, 불꽃은 살아 있는 것처럼 떨어지지 않았다.

"포기해."

페르제의 목소리는 배려가 있었다.

오기가 생긴 것일까? 아니면 미련?

클레이븐은 고개를 흔들더니 불을 끄는 걸 포기하고 오히려 페르제에게 달려들었다.

"어쩔 수 없군."

앞으로 내밀어진 페르제의 손가락이 뭔가를 돌리는 것처럼 움직였다.

동시에 클레이븐의 몸이 떠오르더니 허공에서 뒤틀리기 시작했다. 마치 보이지 않는 손이 클레이븐을 붙잡고 있는 것 같았다.

안간힘으로 발버둥쳤지만 시간은 페르제의 편이었다.

곧 힘이 다한 클레이븐이 축 늘어졌다.

털썩.

바닥에 쓰러진 클레이븐은 움직일 줄 몰랐다.

페르제는 약간은 안타까운 표정으로 손을 거두었고, 불꽃은 애초부터 없었던 것처럼 사라졌다.

우승 후보인 클레이븐은 그에 합당한 실력을 보였다.

하지만 페르제는 그런 클레이븐을 꺾었다.

승자에 대한 환호는 없었다. 너무도 충격적인 광경에 학생들은 말을 잃은 것이다.

그때였다.

저 멀리서 검은 그림자가 움직였다.

수많은 학생들이 무대를 둘러싸고 있었는데 그걸 넘어서 무대에 도착한 것이다.

바로 레인이었다.

레인과 페르제 두 사람은 서로를 마주 보았다.

레인의 차가운 눈빛에 페르제는 흠칫 놀라고 말았다.

동시에 가슴속에서 뭔가가 끓어오르는 걸 느끼고 억지로 감정을 억눌렀다.

'내가 왜?'

페르제는 당황스러웠다.

그걸 아는지 모르는지 레인은 클레이븐의 상처를 살폈다.

의외로 화상은 심하지 않았지만 몇 개월은 치료를 받아야 원래의 모습으로 돌아올 수 있을 것 같았다.

심각한 건 내상이었다.

어떤 싸움을 했는지 모르겠지만 몸속의 미나는 모두 바닥이 나 있었고, 한 줌 기력까지 짜낸 것 같았다.

곧 치료사들이 무대 위로 올라와 클레이븐의 상태를 살핀 뒤 그를 데려갔다.

잠시 고민하던 레인이 루트를 쳐다봤다.

"제 자리는 있습니까?"

갑작스러운 질문에 루트는 당황스러워했다. 그러다 곧 의미를 깨닫고 고개를 끄덕였다.

"다음 경기에 나오면 돼. 하지만 시간이 좀 필요하겠군."

루트는 곳곳이 박살 난 무대를 쳐다봤다.

"다행이군요."

레인이 무대를 내려오고, 심판이 외쳤다.

"승자 페르제 드욘 루틴!"

"와아아아아!"

침묵을 지키던 학생들이 일제히 함성을 내질렀다.

새롭게 탄생한 강자에 대한 축하였다. 하지만 페르제는 승자의 여유를 느낄 수 없었다.

"어떻게 된 거야?"

레인은 홀스와 콘티엘을 보고 물었다.

너무나 엄청난 공방이었기에 두 사람의 수준으로 파악하긴 힘들었다.

콘티엘이 조심스럽게 입을 열었다.

"화염술사라고 했어."

"화염술사?"

레인은 살짝 인상을 찡그렸다.

세계를 구성하는 원소를 다루는 이들이 있다고 들었다.

그중 특히 위력적인 게 불을 자신의 신체처럼 다룰 수 있는 화염술사였다.

"저 페르제가 화염술사란 말이야?"

콘티엘은 고개를 끄덕이며 두 사람의 싸움을 간략하게 설명했다.

초반에 페르제가 보였던 기술부터 마지막 결정타까지.

"클레이븐 선배가 피했던 불화살이 되돌아왔어. 아마 그걸 몰랐던 모양이야."

한번 쏘아져 나갔던 불꽃이 살아 있는 것처럼 되돌아왔다?

쉽게 이해하기 힘든 일이었다. 하지만 상대는 제대로 알려진 것이 없는 화염술사. 불꽃을 그 정도로 다룰 수 있다고 인정하는 편이 훨씬 나았다.

"그다음 클레이븐 선배의 몸이 떠올랐지."

홀스의 말에 레인은 고개를 끄덕였다.

허공에 떠오르게 되면 힘을 실을 곳이 없기에 반격은 불가능했다.

몇 마디를 더 나눈 레인은 대충 상황을 짐작할 수 있었다.

확실히 페르제는 실력을 감춘 강자였다.

"그런데 너, 시합에 나가려고?"

홀스가 묻자 레인은 고개를 끄덕였다.

"왜 갑자기 그런 생각을 한 거야?"

"글쎄."

레인은 어깨를 으쓱거렸다.

자신이 왜 즉흥적으로 그런 생각을 했는지는 정확히 알 수 없지만, 실수 같지는 않았다.

"우선 상태부터 보러 가자고."

레인과 홀스, 콘티엘은 치료사들이 클레이븐을 데려간 곳으로 향했다.

그곳에 도착한 레인은 인상을 찌푸렸다.

치료사들은 응급조치를 끝냈는지 자리를 떠난 뒤였고, 누군가가 의식을 잃은 클레이븐을 보며 웃고 있었다.

"푸하하하! 정말 기분이 좋아."

미친 사람처럼 몸을 떠는 학생은 바로 가르트였다.

"역시 페르제님이야. 내 부탁을 이런 식으로 해결해 주다니."

가르트는 자신이 당했던 때를 생각하며 통쾌함에 웃음을 터뜨렸다.

물론 가르트만의 오해였다.

하지만 레인의 귀에는 다르게 들렸다.

"뭐라고 했지?"

깜짝 놀란 가르트가 뒤를 돌아보자 레인과 홀스, 그리고 콘티엘이 있었다.

"흥, 들어도 상관없…… 컥."

레인의 손이 가르트의 멱살을 잡았다.

"다시 묻지. 뭐라고 했나?"

잠시 움찔하던 가르트는 곧 기가 살았는지 입가를 비틀며 웃어댔다.

"크큭, 말해주지. 너희들이 나에게 무례한 짓을 했다고 말했더니 페르제님이 내 부탁을 들어주신 거다. 보라고, 거들먹거리던 클레이븐도 병신이 됐잖아."

순간 레인의 눈에서 불꽃이 튀었다.

자신도 모르게 손에 힘이 들어가자 가르트의 숨통이 조여왔다.

"끄어억!"

가르트의 눈동자가 뒤집어지고 있었다.

"그만해, 레인."

홀스 역시 말리고 싶지 않았지만, 이대로 두다가는 가르트가 죽을 것 같았다.

레인이 손을 놓자 가르트는 바닥에 털썩 주저앉으며 거칠게 숨을 몰아쉬었다.

"크흑, 헉헉! 나, 나에게 감히! 너희들이 무사할 것 같아?"

끝까지 입을 다물지 않는 가르트의 행동에 레인은 짜증이 났다.

"너희도 마찬가지다. 페르제님이 가만두지……."

레인의 발이 움직였다.

콰앙!

땅을 울리는 요란한 굉음.

깜짝 놀란 가르트는 그대로 거품을 물고 기절했다.

레인의 발은 그저 바닥을 찍었을 뿐이었지만 자신의 급소가 당했다고 생각한 모양이다.

잠시 후, 가르트의 바지가 검게 물들며 지린내가 풍기기 시작했다.

"겨우 이런 녀석 때문에……."

레인은 가르트에 대한 신경을 꺼버리고 클레이븐을 쳐다봤다.

신입생 환영회 때, 클레이븐은 페르제의 부탁 때문에 무대에 올라 홀스와 싸웠으니 그걸 생각하면 두 사람은 가까운 사이거나 혹은 군신 관계일 수도 있었다.

그런데 고작 가르트 같은 녀석 때문에 클레이븐을 이렇게 만들었다?

레인은 쉽게 이해할 수 없었다.

그때 마침 데비슨 자작의 얼굴이 떠올랐다.

광산을 개발할 때 노예들이 필요했지만, 원하는 수준의 광석이 모이자 쓸모가 없어졌다.

데비슨 자작은 그 많은 숫자의 노예를 죽여 자신의 비리를 감추려고 했다.

'귀족들이란 모두 이런 놈들인가?

레인은 솔직히 많은 귀족들과 접해보지 못했다.

어릴 때는 수련을 하느라, 용병으로 활동할 때는 오히려 평범한 사람들과 어울렸다.

자라면서 칸젤과 세이렌에게 귀족들의 추악함에 대해 듣긴 했지만 실제로 겪어본 건 데비슨 자작이 처음이라고 할 수 있었다.

특히 레인을 화나게 만든 건, 여기가 아카데미란 사실이었다.

귀족 가문의 계승자라 해도 이들은 학생이었다.

아직 새파랗게 어린 녀석들이 가문의 이름을 등에 업고 마치 자신이 작위를 가진 듯 나서는 것이 이해가 되지 않았다.

대체 그들의 부모는 자식이 이 나이가 되도록 뭘 가르쳤단 말인가.

만약 가르트 같은 녀석이 영주가 된다면 그 영지가 어떻게 될지는 불을 보듯 뻔한 일이다.

'이래서 제국이 썩어 들어가고 있다고 한 거군.'

레인은 씁쓸한 표정을 지으며 가르트를 쳐다봤다.

그때 밖에서 인기척이 들렸다.

용케도 레인이 있는 곳을 찾아온 루트였다.

"이제 곧 시합이 시작돼."

"예, 알겠습니다."

루트가 약간 의아한 눈빛으로 여전히 거품을 물고 있는 가르트를 쳐다봤다.

"그런데 저 학생은 뭐냐?"

"그냥 쓰레기입니다. 좀 치워달라고 하세요."

레인의 대답에 루트는 이해한다는 듯 고개를 끄덕였다.

"어쨌든 검투 시합에 나가줘서 고마워. 내 부탁 잊지 않았겠지?"

"지금은 생각나지 않습니다."

레인의 단호한 대답에 루트는 어깨를 으쓱거렸다.

"뭐, 아무래도 상관없겠지. 그럼 가자고. 저건 내가 알아서 치울 테니까."

"그럼 부탁드립니다."

레인은 다시 클레이븐의 상태를 살폈다.

응급조치 때문인지 깊게 잠들어 있었고, 제대로 치료만 받으면 괜찮을 것 같았다.

레인은 홀스, 콘티엘과 함께 밖으로 나갔다.

혼자 남은 루트는 클레이븐과 가르트를 보며 고개를 갸웃거렸다.

＊　　　＊　　　＊

"뭐라고? 실패?"

"죄송합니다."

하네스는 하얗게 변한 얼굴로 변명 대신 고개를 숙였다.

그 모습에 차마 뭐라할 수 없었던 페르제는 짧게 한숨을 내쉬었다.

아버지의 사촌 페릭 루틴에게 중요한 유물이라고 부탁을 받았다. 하지만 그건 자신에게는 중요한 물건이 아니었다.

어떤 보물보다 가치있는 게 바로 하네스였다.

때로는 충실한 심복이자 믿을 수 있는 참모였으며, 의지가 되는 친구이기도 했으니까.

"괜찮다. 그럴 수도 있지. 지금이 유리한 기회인 건 맞지만 오늘만 날이라고는 할 수 없다."

페르제가 어깨를 두드리자 하네스는 더욱 고개를 숙였다.

“죄송합니다. 사람이 있을 거라고 예상하지 못했고, 그자가 그토록 뛰어난 실력을 가졌으리라고는……”

하네스는 미안한 마음에 제대로 말을 맺을 수 없었다.

“설명해 봐라.”

다시 한 번 고개를 끄덕인 하네스는 입을 열었다.

처음 그 동굴에 들어가기 전, 며칠 동안 확인한 결과 사람의 출입은 없었다.

더군다나 축제가 벌어져 모든 학생들이 광장에 모였으니 누군가가 있다고는 전혀 예측할 수 없었다.

“그렇다고 무턱대고 들어간 건 아닙니다. 다들 훈련받은 대로 기척을 죽이고 서서히 동굴을 탐사했습니다. 체로키라면 적어도 함정 하나 없이 내버려 둘 리가 없기 때문입니다.”

“흐음, 체로키 반 스펜타임.”

페르제는 인상을 찌푸렸다.

스펜타임 백작가는 막강한 권력을 가지고 있었다.

문제는 첩자를 통해 얻은 정보에도 체로키의 신분이 명확하지 않다는 점이었다. 거기다 스펜타임 백작가에 속한 이들도 체로키에 대해 구체적으로 알고 있는 사람이 없었다.

단지 백작 가문의 가주가 그의 신분을 보장했기에 그저 짐작만 할 뿐이었다.

현재 알려진 건 가주의 이복동생 정도라는 소문뿐이었다.

　어쨌든 그 정도 배경이라면 페르제의 회유가 먹혀들 상대가 아니었다. 자신이 비록 루틴 공작가의 장남이라 하더라도 말이다.

　또 체로키라면 그토록 중요한 유물을 그냥 내버려 두었을 리가 없다. 결국 함정이든 뭐든 직접 움직여서 가져와야 하는 것이다.

　하네스는 당시의 일을 차분하게 설명했다.

　"우선 그자는 마법을 썼습니다. 거기다 호위 여섯이 동시에 공격했음에도 단번에 물리칠 실력을 가지고 있었습니다."

　"상당한 실력이군. 그래, 그자의 모습을 확인했나?"

　하네스는 잠시 머뭇거리며 대답했다.

　"동굴 안에서는 확인하지 못했지만, 짐작에는… 레인 같습니다."

　"레인이라고?"

　"예. 그가 무대에 등장한 시간과 움직임, 그리고 체로키와 관계를 감안하면 아무래도 레인 반 로헬로 예상됩니다. 그리고… 윽."

　갑자기 하네스의 얼굴이 일그러졌다.

　이미 수많은 훈련을 통해 어지간한 고통에도 눈살 한 번 찌푸리지 않던 그다. 그런 하네스가 몸까지 웅크린 채 이를 악물고 있었다.

“하네스?”

“괘, 괜찮습니다.”

하네스의 반응에 더욱 걱정이 되는 페르제였다.

페르제가 다가서기도 전 하네스는 무릎을 꿇었고, 몸을 부들부들 떨었다.

“우웁.”

하네스의 입에서 피가 뿜어졌다.

“하네스!”

페르제는 다급히 하네스의 상처를 살폈다. 동시에 수하들에게 치료사를 불러오라고 소리쳤다.

“괜찮습니다. 아무래도 너무 응급처치를 믿은 것 같습니다.”

하네스는 페르제를 안심시키기 위해 억지로 웃었다.

곧 학생 하나가 제일 먼저 도착해 하네스에게 치료 마법을 걸었다.

치료 계열의 마법학부 학생인 듯 하네스의 얼굴에 서서히 혈색이 돌아오고 있었다.

잠시 후, 하네스가 입을 열었다.

“동굴을 빠져나온 직후, 제 몸에 치료 마법을 사용했습니다. 그것으로 괜찮을 것 같았는데 오판이었던 모양입니다.”

물론 이유가 있었다.

　하네스는 실패를 했다는 부담감에, 그리고 서둘러 보고를 해야겠다는 생각에 부상에 대해 제대로 판단하지 못했다. 하지만 레인에게 맞은 갈비뼈가 부러지며 내장을 찔렀던 모양이다.

　"지금은 괜찮습니다."

　"휴우, 다행이야."

　페르제는 안도감을 느끼고 하네스의 손을 잡았다.

　"네 몸은 너의 것이 아니다. 네가 충성을 맹세한 나의 것이란 말이다. 결코 내 허락 없이는 다쳐선 안 된다. 사소한 부상도 용납하지 않겠어."

　다소 과격한 표현이었지만 하네스는 그 속에 깃든 배려심을 느낄 수 있었다.

　하네스가 미소를 짓자 페르제는 고개를 끄덕였다.

　동시에 아까 무대에 올랐던 레인의 눈빛을 떠올렸다.

　'레인 반 로헬, 이 빚을 갚아주마.'

　페르제는 이를 악물며 몸을 일으켰다.

Emperor Sword

CHAPTER 03
격해진 감정들

Emperor
Sword

레인과 루트가 막 치료소를 벗어난 직후였다.

"여긴가?"

"예."

짧은 대답과 동시에 문이 열리고 페르제가 들어섰다.

페르제는 뭔가 마음에 안 든다는 표정으로 살짝 인상을 찌푸렸다. 어디선가 불쾌한 냄새가 났던 것이다.

곧 그 정체가 드러났다.

한쪽에 가르트가 주저앉아 있었는데, 기절한 상태였고 바지가 젖어 있었다.

“치료소라는 장소가 이렇게 엉망이었나?”

페르제의 말에 하네스가 고개를 저었다.

“원래라면 이렇지 않을 겁니다. 하지만 지금은 축제고, 큰 부상을 입은 사람은 클레이븐뿐입니다.”

잠시 생각하던 페르제는 짧게 한숨을 내쉬었다.

응급치료가 끝난 환자 하나 때문에 치료사들이 여기 매어 있을 이유는 없었다. 더군다나 클레이븐에게 필요한 건 휴식이었으니 오히려 조용히 피해주는 게 옳았다.

“그런데 저 녀석은 왜 여기 있는 거지? 그리고 저 꼴은 뭐야?”

페르제의 목소리가 약간 신경질적으로 들렸다.

하네스가 손짓을 했고, 뒤따르던 학생 하나가 가르트에게 다가갔다.

“정신 차려.”

학생은 가르트를 살짝 흔들다가 곧 그의 뺨을 때렸다.

잠시 후, 몇 번 눈을 깜빡거린 가르트는 정신을 차린 듯 머리를 흔들었다.

“흐으음.”

가르트는 시야가 확보되자 페르제를 인식하고는 서둘러 바닥에 무릎을 꿇었다.

“페르제님.”

"여기서 무슨 일이 있었느냐?"

단도직입적인 페르제의 말이었다.

가르트는 서둘러 주위를 둘러보다 페르제와 하네스, 그리고 호위밖에 없는 걸 확인하고서야 입을 열었다.

"레인이라는 놈입니다. 그놈이 저를 죽이려고 폭력을 썼습니다."

페르제는 그 말이 거짓임을 바로 알아차렸다. 가르트의 모습 어디에도 폭행의 흔적 같은 건 보이지 않았고, 젖은 바지를 제외하면 말끔했던 것이다.

하지만 인상이 찡그려지는 건 어쩔 수 없었다.

또다시 들린 레인이라는 이름 때문이었다.

"무슨 일이 있었는지 상세히 이야기해 봐라."

"예. 그러니까… 페르제님께서 제 부탁을 들어주시지 않으셨습니까. 그래서 저는……."

페르제가 무슨 의미냐는 눈빛으로 쳐다보자 하네스 역시 영문을 모르겠다는 표정으로 고개를 저었다.

"대체 무슨 소리냐?"

"제가 클레이븐에게 복수를 해달라고 하지 않았습니까. 그래서 페르제님이 저놈을 병신으로 만들었고요. 이미 치료사에게 확인까지 했습니다. 최소 서너 달은 꼼짝도 못하고 누워……."

"가르트, 감히 너 따위가 클레이븐을 함부로 말하다니, 죽고 싶은 것이냐?"

페르제의 눈에서 불꽃이 튀었고, 버럭 내지른 고함에 살기가 깃들었다.

가르트는 바들바들 떨면서도 페르제가 화내는 이유를 알지 못했다.

분명 자신이 부탁을 했고, 페르제가 손을 썼다.

그 결과가 바로 침대에 누워 있는 클레이븐 아니던가?

"저, 저는 단지… 제가 당했던 게 억울했을 뿐입니다."

"그래서, 정당한 대결로 다친 내 친구에게 무슨 짓이라도 하려고 했느냐?"

페르제의 입에서 나온 친구라는 말에 가르트의 얼굴이 노랗게 변했다.

"아닙니다, 절대 아닙니다."

"그럼 네 녀석이 왜 그 꼴로 여기 치료소에 처박혀 있는지 대답해라."

무시무시한 위압감에 가르트는 더욱 고개를 숙였다.

"그… 레인이란 녀석과 친구들이 치료소로 왔습니다. 그들은 클레이븐을 본 뒤 화를 내며 페르제님을 무시하고 욕을 하더군요. 저는 그걸 참을 수 없어 대들었지만 역부족이었습니다."

가르트는 애처로운 목소리로 말했지만 대답은 차가웠다.

"그런 것치고는 너무 멀쩡하군."

페르제는 더 이상 이야기를 듣고 싶지 않았다. 아니, 듣지 않아도 돌아가는 상황은 뻔했다.

"하네스, 이 녀석을 내보내라. 환자의 회복에 해로운 건 미리미리 치워놔야지."

"알겠습니다."

하네스는 무릎을 꿇고 있는 가르트의 목덜미를 잡고 바깥으로 질질 끌고 나갔다.

"페르제님!"

가르트가 기를 쓰며 페르제를 불렀지만 하네스는 멈추지 않았다. 오히려 치료소 밖으로 나오자마자 한 건 바로 협박이었다.

"페르제님을 함부로 부르지 마라. 너같이 천박한 벌레의 입에 오를 이름이 아니다. 그리고……."

하네스는 가르트의 얼굴 앞에서 천천히 주먹을 쥐었다.

우드드득.

선명한 소리가 울리자 가르트는 입을 다물어야 했다.

페르제가 가장 아끼는 사람이 바로 하네스였다. 또한 하네스 역시 후작가의 계승자였으니 감히 자신이 어찌할 수 없는 인물이었다.

“다시는 내 눈에 띄지 마라. 페르제님이 용서하더라도 내
가 널 용서하지 않겠다.”

하네스의 갈색 눈동자가 묘한 빛을 뿜어내고 있었다.

살기였고, 경멸이었다.

“히윽.”

자신도 모르게 딸꾹질을 한 가르트는 엉덩이를 바닥에 붙
인 채 뒷걸음질쳤다.

천천히 몸을 일으킨 하네스가 말했다.

“꺼져.”

벌떡 일어난 가르트는 뒤도 돌아보지 않고 도망쳤다.

하네스는 짧게 한숨을 내쉬며 고개를 흔든 뒤 다시 치료소
로 향했다.

마침 클레이븐이 깨어난 모양이었다.

“괜찮나?”

페르제의 질문에는 진심이 담겨 있었다.

클레이븐은 씁쓸한 표정을 지으며 고개를 끄덕였다. 그리
고 뭔가가 이상한 듯 손을 들어 얼굴을 만지다 화상 때문에
눈썹과 머리카락이 모조리 타버렸음을 알게 되었다.

“걱정하지 마. 내가 최고의 치료사를 붙여주겠다.”

페르제의 말에 잠시 머뭇거리던 클레이븐은 곧 씨익 웃더
니 고개를 저었다.

사실 두 사람의 대결은 정당했다. 서로가 최선의 실력을 보였고, 그 결과 페르제가 이겼다. 정당한 기사도를 추구하는 클레이븐의 입장에서 악감정을 가질 이유는 전혀 없는 것이다.

그럼에도 하네스는 속으로 안도의 한숨을 내쉬었다.

사실 하네스는 두 사람을 오랫동안 알고 있었다.

페르제는 약간 오만하고 고집스러웠으며, 명예과 권위를 자랑스럽게 생각했다. 반대로 클레이븐은 무뚝뚝하면서도 자신의 길을 위해 남들의 시선을 의식하지 않았다.

그런 두 사람은 혈연 아닌 혈연으로 이어져 있었는데 어딘가 닮은 모습이었다.

다른 이들이 페르제의 배경을 보고 가까워지려는 것과 반대로 클레이븐은 오히려 거리를 두려 하고 있었다. 신분과 배경에서 큰 차이가 났음에도 같은 공간에 있어야 한다는 게 불편했던 것이다.

페르제는 클레이븐의 어깨를 가볍게 두드렸다.

"내가 널 이겼으니 꼭 우승하겠다."

"아마 어려울 거야."

처음으로 클레이븐이 입을 열자 페르제의 얼굴에 호기심이 깃들었다.

"날 이길 상대가 있다는 거야?"

클레이븐이 고개를 끄덕였다.

"궁금하군. 다른 사람도 아닌 네가 확신을 가질 정도라면 보통 실력이 아니겠지. 그래, 누구지?"

여전히 페르제는 여유가 가득한 표정이었다.

클레이븐의 입이 천천히 열렸다.

"레인."

순간 페르제의 얼굴이 일그러졌다.

"레인? 레인이라고?"

가슴에 뭔가가 울컥 올라왔지만 페르제는 억지로 화를 참았다. 일단 클레이븐은 환자였고, 소란을 떠는 건 옳지 않은 행동이었다.

짧게 숨을 내쉬어 호흡을 가다듬은 페르제가 말했다.

"충고 고마워. 도움이 되진 않겠지만 기억해 두지."

페르제는 다시 한 번 클레이븐의 어깨를 두드린 후 몸을 돌렸다.

모든 인기척이 사라지자 클레이븐이 씁쓸하게 웃었다.

"한 번쯤 깨져 보면 지금까지 자신이 봐왔던 세계가 얼마나 좁았는지 알게 될 거야."

그 목소리 역시 진심이 묻어 있었다.

잠시 후, 클레이븐은 자신의 몸 상태를 확인한 뒤 다시 입을 열었다.

“그나저나, 천하의 클레이븐이 이런 꼴이라니. 남 걱정할 때가 아니잖아.”

클레이븐은 씁쓸한 표정을 거둘 수 없었다.

*   *   *

“아, 잠깐만.”

다시 무대가 정비되고 레인의 시합을 시작하려는 상황이었다. 그래서 루트는 갑자기 끼어든 사람이 못마땅했지만 어쩔 수 없이 물러날 수밖에 없었다.

그 상대는 바로 아카데미의 무법자, 혹은 오우거라 불리는 체로키였다.

“이봐, 거기. 약간 삐뚤어졌잖아. 다시 맞추라고.”

루트가 그렇게 시간을 버는 모습에 체로키는 피식 웃으며 레인을 향해 다가갔다.

“대결을 지켜봤느냐?”

체로키의 물음에 레인은 고개를 저었다.

“강하다고는 들었습니다. 어떻습니까?”

“강하지, 너만큼은 아니지만. 근데 왜 갑자기 시합에 나가겠다는 거냐?”

레인은 씨익 웃으며 말했다.

“높은 놈들이 하는 행태를 보니 비위가 상해서요.”

체로키는 레인이 나설 때를 떠올리며 뭔가를 짐작할 수 있었다. 하지만 굳이 오해를 풀어주진 않았다.

육체의 격렬한 움직임으로 대화하는 걸 더 좋아하는 체로키였다. 애들은 싸우면서 큰다는 생각을 가지고 있던 게 이유라면 이유였다.

“그런데 너, 실력을 드러내면 곤란한 거 아냐?”

체로키는 적이 많은 로헬 백작 가문에 대해서 말했다. 레인이 실력을 보일수록 그들은 관심을 보일 것이고, 언젠가 정체가 드러날지도 모른다는 의미였다.

“아직 새파랗게 어린 녀석들이 귀족 행세하고 다니는 걸 보면서 아카데미를 다니는 건 아무래도 맞지 않는 것 같습니다. 뭐, 아카데미 때려치우고 군대나 가면 곧 관심에서 지워질 겁니다.”

“많은 하위 귀족 가문의 아이들이 그랬지. 여기서 눈치를 보느니 군대에 가서 장교로 편하게 마치겠다고. 하지만 그들 중 대부분은 땅을 치고 후회했어.”

“그럴지도 모르죠. 하지만 귀족이라면 아카데미를 다니든 군대를 가든지 해야 할 것 아닙니까.”

체로키는 고개를 끄덕였다.

황제는 귀족이 바로 되어야 제국이 번창할 거라 생각했다.

그 때문에 일정 수준 이상의 소양이 필수였고, 병신이 아닌 경우를 제외하면 반드시 아카데미나 군대 중 한 곳을 가게 만들었다.

"하긴 육체가 힘들어도 어떤 면에선 군대가 훨씬 나을 수도 있지. 적어도 사람들과 부대끼니까."

"하여간 제가 알아서 할 겁니다."

레인의 단호한 눈빛을 본 체로키는 말리지 않기로 했다.

체로키는 과거에도 저런 눈빛을 본 적이 있었다.

바로 레인의 어머니 세이렌이 그랬다.

다른 사람도 아닌 그녀가 결정하고 움직일 때는 가만히 놔두는 게 상책이었다. 괜히 끼어들다 전신 골절상을 입은 녀석이 한둘이 아닌 것이다.

"저, 이제 시간이……."

어느새 다가온 루트가 조심스럽게 말했다.

레인은 체로키를 향해 씨익 웃어주고 무대에 올랐다.

곧 요란한 함성이 울려 퍼졌다.

루트는 시합이 지연되는 동안 다시 마법사들과 광대들을 동원해 학생들의 지루함을 달래었다.

하지만 학생들은 만족할 수 없었다.

페르제와 클레이븐의 대결만큼 자극을 주지 못했기 때문

이다.

그런 학생들의 기대가 함성에 묻어 나왔다.

레인은 살짝 인상을 찌푸렸다.

함성이 시끄러운 건 좋은데 가만히 들어보니 학생들이 외치는 건 자신이 아닌 상대의 이름이었다.

하기야 신입생 환영회 때 웃음거리가 된 자신을 누가 응원할까.

레인은 그렇게 생각하며 정면을 쳐다봤다.

상대는 훤칠한 키에 날렵한 몸매, 제법 미끈하게 생긴 얼굴을 지녔다. 거기다 신체의 급소를 갑옷으로 가린 채 고급스러운 장식이 달린 검집을 들고 있었다.

상대의 완벽한 무장에 비해 레인은 단순했다.

평범한 수련복에 수수한 옷차림이어서, 다른 이들이 시선을 끌기 위해 장식한 것에 비하면 한참이나 부족해 보였다.

상대는 처음부터 노골적인 시선을 보냈다.

그건 불쾌하다는 감정과 더불어 뭔가 복잡한 질투 같은 것이 섞여 있었다.

그 눈빛에 레인은 약간 짜증이 났다.

"내 이름은 요한센 론 커프다. 아카데미의 상급생이지. 너, 레인이라고 했나?"

"그렇습니다."

레인이 무성의하게 대답하자 요한센은 인상을 찌푸렸다.

"어디서 건방진 태도냐. 하긴 아직 어리니 아무것도 모르겠지."

요한센은 곧 입가를 비틀며 검을 뽑았다. 검날은 소름이 끼칠 정도로 날카로운 빛을 자랑하고 있었다.

"하룻강아지 범 무서운 줄 모른다는 말이 있지. 그건 널 두고 하는 말이다. 감히 너 따위가 페르제님에게 맞서려 하다니……."

갑자기 레인의 눈빛이 달라졌다.

"너, 뭐라고 했지?"

순간 움찔한 요한센은 곧 검을 보고 자신감을 되찾았다. 고작 신입생 따위에게 기사학부에서도 손꼽히는 실력을 가진 자신이 질 리가 없다는 생각 때문이었다.

"다시 말해주지. 페르제님은 나 요한센의 군주이자 머지않아 위대한 영지를 다스리게 될 분이다."

다시금 요한센이 말하자 레인은 슬슬 화가 치밀어 올랐다.

클레이븐의 모습을 떠올린 탓이었다.

그런 레인의 기분을 아는지 모르는지 요한센은 수명 단축을 재촉하고 있었다.

"하긴 아무것도 모르니까 그런 행동을 한 거겠지. 클레이븐은 실력이 뛰어났지만 주제를 몰랐어. 감히 페르제님의 부탁을 거절하다니… 정말 오만했지.”

요한센이 말하는 건, 일전에 기사학부의 신입생들을 끌어들이는 일이었다.

물론 레인은 전혀 모르는 일. 하지만 그의 말투에서 뭔가 사정이 있음을 짐작하는 건 어렵지 않았다.

“페르제님이 직접 손을 썼으니 내가 뭐라 할 말은 없지만… 너, 그 눈빛이 마음에 안 들어.”

요한센은 검을 뽑아 레인을 겨누었다.

사실 페르제는 요한센을 그리 가까이 두지 않았다.

심복은 오직 하네스뿐, 나머지는 그저 그런 존재에 불과했다.

자작 가문에 속한 요한센으로서는 출세를 위해, 명예를 위해 페르제의 눈에 들어야 했다.

마침 레인과 벌일 대결은 기회였다.

페르제가 클레이븐을 처벌했고, 레인은 그 무대에 갑자기 올라가 분위기를 망쳐 놓았다.

그런 레인을 처리한다면 페르제는 자신을 다르게 볼지도 몰랐다.

요한센이 히죽 웃자 레인이 중얼거렸다.

“페르제, 페르제. 그 빌어먹을 페르제란 놈은 고작 그 정도

밖에 안 되는 놈이었나?"

"뭐?"

레인의 목소리는 차갑게 가라앉아 있었다.

"잘 모르는 사람에 대해 쉽게 평가하는 건 피해야 한다. 하지만 주변에 있는 놈들이 가르트를 비롯해 모두 너 같은 녀석이라면 굳이 더 판단할 것도 없겠지. 같은 쓰레기라는 걸."

"너 이 자식이 감히 페르제님을!"

요한센이 검을 들고 한 걸음 앞으로 나섰다.

레인이 소리쳤다.

"꺼져!"

콰앙!

요란한 굉음과 동시에 뭔가가 튕겨 나갔다.

텅, 터엉!

갑옷과 바닥의 마찰음이 몇 번 울리더니 요한센이 무대 밖으로 떨어졌다.

잠시 침묵이 찾아왔다.

학생들은 너무도 의외의 상황에 눈만 껌뻑거릴 뿐, 뭐가 어떻게 된 건지 전혀 파악하지 못하고 있었다.

심판 역시 마찬가지였다.

그때 나선 건 루트였다.

"요한센 론 커프, 장외 패."

갑작스러운 결정에 학생들의 야유가 터져 나왔다.

심판은 시합 시작을 알리지도 않았고, 제대로 된 대결을 보지 못해서였다. 물론 요한센이 강력한 우승 후보라는 사실도 한몫했다.

루트가 두 팔을 흔들자 학생들의 소란이 가라앉았다.

"판결에 의문이 있을지도 모르나 결과는 변함없다. 먼저 검을 들고 움직인 건 요한센이었고, 무대 밖으로 날아간 것도 요한센이었고, 지금 기절해서 실려가고 있는 것도 요한센이니까."

루트는 그렇게 말한 뒤 레인을 쳐다봤다.

레인은 약간 짜증난다는 표정으로 고개를 끄덕인 뒤 무대 뒤로 내려갔다.

학생들의 기대와 달리 시합의 진행은 너무 갑작스러웠다.

클레이븐과 페르제의 대결을 본 학생들은 대부분 기권을 했다. 실력으로 이길 자신도 없지만, 실수로 페르제에게 상처를 입히기라도 한다면 뒷감당이 어려웠다.

홀스타인 역시 마찬가지였다. 레인의 권유로, 체로키의 협박으로 기권을 했던 것이다.

유일하게 페르제와 대결에 응한 학생은 바블이란 이름을 가진 마법학부의 대표이자 뛰어난 마법사였다.

바블은 이색적인 대결을 제안했고, 페르제는 순순히 받아
들였다.

하지만 결과는 싱거웠다.

바블의 힘을 다한 화염 마법은 페르제의 불꽃에 삼켜졌고,
그것으로 승부가 결정지어진 것이다.

그렇게 페르제는 기권승과 마법 대결로 별다른 피해 없이
결승에 올라갔으나 레인의 시합은 계속되었다.

물론 레인도 화끈한 경기를 기대한 이들을 철저히 배신하
고 말았다.

"비켜."

콰앙!

"꺼져."

퍼엉!

시합 시작과 동시에 상대는 무대 밖으로 날아갔다.

제대로 된 대결은커녕 무슨 일이 벌어졌는지 인식하기도
전이었다.

대부분의 학생들은 사기라며 야유를 했지만 루트의 판결
은 바뀌지 않았다. 레인의 상대는 전부 기절했고, 의식을 되
찾지 못했던 것이다.

그나마 마지막 상대는 달랐다.

상대는 전신을 두꺼운 철갑으로 무장한 채 사람 머리보다

큰 철퇴를 들고 올라왔다. 그리고 당하지 않겠다고 결심한 듯 시합 시작과 동시에 철퇴를 날렸다.

콰앙!

철퇴가 박살 났다.

와장창창!

갑옷 역시 산산조각 났고, 상대는 무대 바깥으로 굴리 떨어졌다.

달라 보였지만 역시나 결과는 마찬가지였다.

"승자 레인."

루트가 선언하자 레인은 미련없이 무대를 내려왔다.

그 모습을 본 페르제는 살짝 인상을 찌푸렸다.

"레인, 레인. 레인 반 로헬."

로헬 백작 가문은 자신에게 있어 언제고 처리해야 하는 원수였다.

하지만 지금은 아니었다.

가장 시급한 목표는 학생회를 손에 넣고, 나중에 귀족 가문을 이을 아카데미의 학생들을 끌어들이는 것이었다.

자신이 정식으로 영지를 계승했을 때 든든한 세력이 되어 줄 것이 분명했으니까.

그 계획을 성공적으로 끌고 나가기 위해서는 검투 시합에 우승을 해야 했다. 하지만 클레이븐의 말대로라면 레인은 가장 큰 걸림돌이었다.

'상당한 실력이군. 인정하마. 하지만 넌 내 적수가 될 수 없다.'

페르제는 굳은 표정으로 시선을 돌렸다.

"마음에 안 들어."

도로시 공주는 레이스 달린 하얀 손수건을 잘근잘근 씹었다.

그건 결승에 오른 두 사람이 마음에 들지 않아서였다.

일단 페르제는 적이었다.

나중에 어떻게 될지 모르지만 적어도 지금은 학생회 회장의 자리를 놓고 다투고 있었으며, 학생들의 지지를 나누어 가진 사이였다.

여기서 페르제가 우승한다면 기껏 고생해서 준비한 축제가 오히려 남 좋은 일이 되어버린다.

도로시는 휙 고개를 돌렸다.

반대편에서 무대에 오르는 레인의 모습이 보였다.

'페르제가 우승하는 것보다는 낫겠지. 하지만… 괘씸해.'

자신의 부름을 거절한 것도 그렇지만 왠지 모르게 얄밉다는 감정이었고, 동시에 레인을 남에게 뺏기고 싶지 않다는 생각마저 들었다.

그런 도로시 공주의 생각과 다르게 루트는 초조한 심정이
었다.

레인의 실력을 직접 본 적은 없었다. 하지만 트라시온 황자
의 보증이 있었고, 무엇보다 칸젤과 세이렌의 아들이라는 점
에서 믿음이 갔다.

문제는 페르제가 보여준 실력이었다.

육체의 움직임은 최소 4클래스 수준이었으며, 화염술사라
는 걸 감안하면 그 이상의 실력자로 평가받을 만했다.

'설마, 지진… 않겠지?'

스스로에게 몇 번이고 되물어봐도 답은 나오지 않았다.

그렇게 도로시 공주와 루트는 복잡한 심정으로 결승전 무
대를 쳐다봤다.

CHAPTER 04
맞붙는 두 사람

Emperor
Sword

무대에 오른 두 사람은 말이 없었다.

단지 날카로운 눈빛으로 서로를 노려보며 때를 기다릴 뿐이었다.

"결승전 시합이 시작되겠습니다."

루트의 사회와 도로시 공주의 격려, 심판의 설명, 학생들의 함성까지 귀에 들어오지 않았다.

"시합 시작."

말이 떨어짐과 동시에 두 사람은 서로에게 달려들었다.

레인의 앞에서 붉은 섬광이 뿜어졌고, 페르제의 몸에서 화염이 치솟았다.

콰콰쾅!

폭음과 함께 무대가 흔들렸다. 동시에 압축된 공기가 터져 나가며 강한 기파가 사방으로 퍼져 나갔다.

뿌연 먼지 사이로 레인과 페르제가 튕겨 나왔다.

페르제는 자세를 잡자마자 레인을 찾았고, 회심의 미소를 지었다. 레인이 인상을 쓰고 있었는데 첫 번째 격돌에서 손해를 본 듯한 표정이었다.

페르제는 손끝이 약간 저리다는 느낌이 들었지만 여유를 가질 수 있었다.

"그 정도 실력이 전부인가?"

페르제는 천천히 오른손을 들었다.

화르르륵.

불꽃이 피어나며 뜨거운 열기를 뿌렸고, 동시에 페르제의 팔이 휘둘러졌다.

불꽃은 한줄기 화살처럼 레인을 향해 쏘아졌다.

레인은 몸을 옆으로 움직여 불화살을 피하며 페르제와 거리를 좁혔다.

콰앙!

등 뒤에 폭발이 일어났지만 레인은 개의치 않고 다가갔다.

무척이나 재빠른 움직임에 페르제는 방심하지 않고 두 팔을 가슴 앞에서 교차시켰다.

무대 바닥에서 불꽃이 솟아올라 방패 형태로 만들어졌고, 앞을 막았다.

그때 레인의 주먹이 불꽃 방패의 중심을 찔렀다.

푸화아악.

천이 찢기듯 불꽃이 흩어졌고, 페르제는 약간 당황해하며 뒤로 물러났다.

하지만 레인은 거리를 둘 생각이 없는 모양이었다.

'상대는 불꽃을 다룬다. 떨어지면 불리해.'

레인이 바짝 다가서며 주먹을 연이어 뻗었다.

페르제는 격투술에도 자신이 있는 듯 클레이븐을 상대할 때처럼 손을 들어 앞을 가렸다.

레인의 의지와 다르게 주먹이 휘어졌다.

마치 페르제의 손에 빨려들어 갔다가 튕겨진 것 같은 상황이랄까?

레인은 본능의 경고를 무시하고 몸을 틀었다.

크게 반원을 그리며 휘둘러진 손바닥이 페르제의 손목을 잡아갔다.

페르제의 손목이 돌아가며 레인의 손을 쳐냈다.

휘리릭. 텅.

강철을 후려친 듯한 반탄력에 레인은 인상을 쓰며 물러

났다.

‘설마?’

레인은 약간 당황해하며 거리를 두었고, 동시에 페르제의 입가에 미소가 깃들었다.

절대적인 자신감.

처음에 가졌던 약간의 불안함이 씻겨 나간 표정이었다.

페르제는 천천히 손을 내리고 자세마저 풀었다.

“지금까지의 시합과 다르지 않나?”

약간은 오만한, 하지만 페르제에게 딱 어울리는 말투였다.

“글쎄요. 아직은 잘 모르겠네요.”

“좀 더 확인시켜 주지. 들어와 봐.”

페르제의 말에 레인이 피식거렸다.

“호의를 받아들이죠. 하지만 후회할지도 모릅니다.”

레인의 자세가 낮아졌다.

순간 마법이 날아가듯 무대에 바짝 붙은 채 레인의 몸이 쏘아지더니 페르제 앞에서 불쑥 솟아올랐다.

바닥에서 사선으로 뻗어 올라간 주먹.

하지만 페르제의 왼손이 어느새 아래로 흐르더니 레인의 팔꿈치에 이르렀다. 그리고 가볍게 바깥으로 뿌리치자 레인의 중심이 흐트러졌다.

순간 레인의 눈동자가 커졌다.

자신의 옆구리에 닿은 페르제의 오른손에서 막대한 압력이 느껴졌다.

퍼엉!

레인의 육체가 튕겨져 나가며 무대 바닥을 뒹굴었다.

"크윽."

레인은 재빨리 몸을 일으켜 추가 공격을 대비했다. 하지만 페르제는 도도한 자세로 손을 내릴 뿐 꼼짝도 하지 않았다.

"한 번이 안 되면 두 번."

레인이 다시 앞으로 달려나갔다.

좌우로 땅을 박차며 빠른 속도로 달리자 마치 몸이 두 개로 갈라진 것 같은 착각이 들었다.

결과는 마찬가지였다.

페르제는 여유를 부리는 듯 불꽃도 일으키지 않고 손을 내밀었다.

레인의 손이 뱀처럼 휘어지며 페르제의 팔을 휘감으려 했다.

그때 팔을 접은 페르제의 몸이 흐릿해졌다.

터엉!

강력한 몸통박치기에 또다시 레인이 튕겨졌다.

바닥을 구른 레인은 충격이 큰지 몸을 부들부들 떨며 일어났다.

두 사람의 공방을 지켜보던 루트는 눈을 감았다.

시합을 시작한 지 얼마 되지 않았지만 상황은 절망적이었다.

'페르제가 그만큼 강하다는 건가?'

루트는 고개를 가로저었다.

믿고 싶지 않았지만 현실은 그걸 증명하고 있었다.

레인의 공격은 번번이 실패했고, 오히려 반격을 받아 무대를 뒹굴었다. 지금과 같은 상황이 계속된다면 클레이븐처럼 당할 게 분명했던 것이다.

루트의 생각과 구경하는 학생들의 생각은 같았다.

그때였다.

"페르제! 페르제!"

누군가의 외침을 시작으로 학생들은 페르제의 이름을 소리치기 시작했다.

이제 페르제는 갑자기 나타난 영웅이나 마찬가지였다.

페르제는 약간 황당함을 느꼈지만 곧 여유를 가지고 학생들을 둘러보았다.

자신이 원하는 건 바로 이거였다.

저절로 입가에 미소가 그려졌다.

그때 레인이 자세를 풀고 가볍게 손을 털었다. 어떻게 보면 시합을 포기한 것 같은 태도였다.

“나 참, 이제 시작인데 벌써 승자의 여유라니.”

레인은 천천히 고개를 가로젓더니 손가락을 튕겼다.

무슨 일이 벌어진 것일까?

모든 소리가 사라졌다.

학생들의 요란한 함성도, 연이어 외치는 페르제란 이름도 애초부터 없었던 것 같았다.

페르제는 눈을 부릅뜨고 레인을 처다봤다.

레인은 단지 씨익 웃을 뿐이었다.

“뭐, 약간의 장난이라고 해두지. 남이 우리 대화를 들어선 좋을 게 없으니까.”

말투가 달라졌다. 동시에 분위기 역시 이전과 달랐다.

페르제는 당황스러워하며 레인과 무대 밖을 번갈아가며 처다봤다.

여전히 학생들은 주먹을 쳐들고 입을 벙긋거리고 있었다.

“무슨 짓을 한 거냐?”

“무슨 짓이라니? 단순한 마법을 응용한 것뿐이야.”

레인은 그렇게 말하며 천천히 한 걸음을 내디뎠고, 거리를 좁히고 있었다.

페르제는 곧 여유를 되찾은 표정으로 말했다.

“그래도 상관없겠지. 어차피 승자는 나니까.”

레인은 고개를 저었다.

그리고 물었다.

페르제의 얼굴이 처참하게 일그러졌다.

"다시 묻겠다. 넌 무엇이냐?"

레인의 목소리는 평범했다.

그 속에는 거부할 수 없는 위압감이 있었고, 페르제가 인식하지 못하는 사이 그를 구속하고 있었다.

페르제의 붉은 눈동자가 흔들렸다.

'이게 무슨?

페르제는 지금의 상황을 도저히 이해할 수 없었다.

단순한 질문에 불과했다. 하지만 자신도 모르게 입이 열리려 하고 있었다.

그러다 문득 떨고 있는 자신의 손이 보였다.

뭔가 이상했다.

페르제는 의지를 모아 머릿속으로 불꽃을 그렸다.

따스함이 느껴졌지만 그것으로 끝, 언제나 화려함을 자랑하던 불꽃은 생겨나지 않았다.

"설마?"

페르제는 크게 고개를 흔들었다. 그리고 힘껏 발을 들어 무대를 찍었다.

쿠우웅!

강력한 기파가 동심원을 그리며 퍼져 나갔다.

쩌저저정!

자신을 둘러싸고 있던 공간에 금이 가기 시작했다. 그리고 균열이 시작된 물체가 박살 나듯 주변이 무너져 내렸다.

페르제는 와락 인상을 찌푸렸다.

"나에게, 나에게 감히 최면을 건 거냐?"

"설마 걸릴지는 몰랐지."

레인의 태연한 대꾸가 오히려 어처구니가 없었다.

"이놈이!"

페르제의 분노가 형상화한 듯 엄청난 크기의 불꽃이 하늘로 치솟아올랐다. 그리고 레인을 집어삼킬 듯 맹렬한 속도로 떨어졌다.

순간 레인의 머리 위로 붉은 섬광이 그어졌다.

번쩍!

불꽃은 두 조각으로 갈라져 레인의 좌우로 비켜 나갔다.

"모든 걸 파악했어. 이제 이런 걸로는 안 돼."

레인이 고개를 흔들자 페르제는 얼굴이 굳어졌다.

"파악… 했다고?"

"그래. 아! 미리 말해두는데, 여전히 소리는 차단되고 있으니 걱정할 필요는 없어."

레인은 피식 웃으며 손가락을 좌우로 까딱거렸다.

"뭘 파악했다는 말이지?"

"기술."

레인의 짧은 대답에 페르제는 코웃음을 쳤다.

"흥, 나의 기술을 파악했다고?"

"맞아. 화염술사란 말에 속았지 뭐야. 하지만 직접 부딪쳐 보지 않았다면 나도 몰랐겠지."

"말해봐라."

어느새 페르제의 표정이 차갑게 변해 있었다.

"간단하잖아. 불꽃이 태우는 건 공기야. 공기가 없이는 불꽃도 만들어질 수 없지."

페르제의 미간에 짙은 주름이 생겼다.

레인은 빙긋 웃으며 말을 이었다.

"처음에 그 손과 부딪쳤을 때, 의지와 상관없이 손이 빨려 들어 간다는 느낌을 받았어. 나는 그게… 화경의 일종이라고 생각했지."

"화경?"

"아, 그런 게 있어. 쉽게 풀어 설명하면 격투술에서 최상위 단계 중의 하나인데, 상대의 공격을 흘려서 반격하는 기술이지."

페르제는 자신도 모르게 마른침을 삼켰다. 그리고 혹시나 누가 듣고 있지 않나 싶어 주위를 둘러봤다.

학생들의 모습을 보면 아까보다는 흥분이 가라앉아 있었지만 여전히 고함을 지르는 것 같았다.

당연하게도 레인의 말처럼 소리는 들리지 않았고.

"자기 주변의 공기를 비틀고 변형시킬 수 있다면, 그리고 그렇게 만든 길에 불꽃을 풀어놓는다면 자유자재로 조종하는 것과 같지."

"네 말이 맞다."

페르제가 순순히 인정하자 레인도 고개를 끄덕였다.

"아까 날 튕겨냈을 때도, 마나의 힘이 아닌 다른 걸 느꼈어. 아마 그건 압축된 공기를 터뜨린 것이겠지."

페르제는 거의 체념한 것 같았다.

"용케도 거기까지 파악했군."

"운이 좋았지. 하지만 어떤 이유로, 방식으로 그렇게 되는지는 몰라."

"당연하지. 그건 선택받은 사람만이 타고나는 고유의 능력이니까."

레인은 씁쓸한 표정으로 물었다.

"정말 그렇게 생각해?"

흠칫 놀란 페르제는 의문이 가득한 눈빛을 던졌다.

"좋아, 다시 물어보지. 넌 스스로 무엇이라고 생각해?"

여유를 되찾은 페르제는 가슴을 펴고 당당하게 말했다.

"난 페르제 드욘 루틴. 과거 찬란했던 루틴 왕가의 피를 이어받은 고귀한 존재이자 머지않아 제국 제일의 영지인 루틴 공작령을 다스릴 군주다."

"그건 단지 배경일 뿐이고, 다른 거 없어?"

레인의 목소리는 평범했다.

그럼에도 페르제는 가슴 한구석이 뜨끔거리는 걸 느꼈고, 갑자기 반발심이 들었다.

"페르제 드욘 루틴이 나다. 난 그걸 부정할 생각은 없다."

"그래, 너 스스로 그런 생각을 하고 있으니 너의 배경을 보고 가르트 같은 녀석이 달라붙었겠지."

"그건… 내 의도가 아니었다!"

페르제가 버럭 고함을 지르자 뜨거운 열기가 사방으로 퍼져 나갔다.

"난 나다. 단지 나일 뿐이야."

"페르제 드욘 루틴. 스스로 그렇게 말한 건, 너 역시 루틴 공작가란 배경도 자신의 일부라고 생각한다는 증거다."

"닥쳐."

페르제의 손이 움직였다.

지금껏 보여주지 않았던 최대한의 능력을 끌어낸 듯 열두 개의 불꽃이 피어났다.

불꽃은 살아 있는 생명체처럼 각기 다양한 호선을 그리며 레인을 향해 쏘아졌다.

"소용없다니까."

붉은 오러가 레인의 손을 휘감았다.

좌라라락.

허공에 그려진 붉은 선이 그물 모양으로 공간을 갈랐다.

그러자 놀라운 일이 벌어졌다.

한 번도 빗나간 적 없는 페르제의 불꽃은 술 취한 사람이 걷는 것처럼 기이한 방향으로 휘어졌고, 모두 레인을 스쳐 지나간 것이다.

콰콰콰쾅!

폭음이 터지고 화끈한 열기가 따갑게 했지만 레인은 꼼짝도 하지 않았다. 단지 붉은빛을 받은 염색한 갈색 머리카락이 길게 흩날릴 뿐이었다.

"쓸데없는 짓이라고 했지."

레인의 말에 더욱 화가 났는지 페르제는 어린애가 떼를 쓰듯 소리쳤다.

"감히 일개 학생 주제에 나에게 훈계를 하려는 것이냐? 그렇다면 그 자격이 있음을 증명해 봐라!"

페르제가 두 팔을 활짝 펴자 아까보다 더 많은 열다섯 개의 불꽃이 만들어졌고, 신호만 보내면 당장 레인의 몸을 터뜨려 버릴 것 같은 기세였다.

“자격? 좋아, 보여주지.”

레인의 몸에서 풍기는 기운이 달라졌다.

동시에 붉은 섬광이 무대를 수십, 수백 조각으로 갈라 버리는 것 같은 착각이 들었다.

번쩍.

열다섯 개의 불꽃이 동시에 갈라졌다.

콰콰콰콰쾅!

폭음과 폭풍이 몰아쳤다.

그 막대한 압력에 휘청거리던 페르제는 결국 피를 토하며 무릎을 꿇었다.

어느새 가까이 다가온 레인은 그런 페르제를 내려다봤다.

“난 나의 힘으로 이렇게 네 앞에 서 있다. 이게 나의 자격이다.”

페르제는 천천히 고개를 들었다.

“아직… 끝나지 않았어.”

페르제가 힘겹게 손을 들었다.

순식간에 만들어진 불꽃이 레인의 얼굴을 향해 움직였다.

레인은 불꽃을 움켜쥐었다.

치이익.

손에서 연기가 피어났지만 레인의 표정은 멀쩡했다.

페르제의 얼굴에 절망이 깃들었다.

"큭, 큭큭. 네가 이겼다."

"아니, 아직 아니야. 그 썩어빠진 정신을 모조리 뽑아내기 전까지는."

레인은 망설임없이 페르제의 가슴을 향해 손을 가져갔다.

적어도 한동안은 클레이븐이 심심하지 않게 옆자리에 눕혀둘 생각이었다.

그러던 레인이 갑자기 고개를 돌렸고, 의외의 인물들이 한꺼번에 몰려 있는 걸 볼 수 있었다.

"하아, 대체 뭐가 뭔지 모르겠군."

머리를 흔들던 레인은 손을 멈추고 말았다.

남들은 선택받았다고 했다.

남들은 축복받았다고 했다.

하지만 그 모든 게 사실이 아니었다.

화염술사로서의 능력을 타고난 건 사실이었지만 남들의 눈앞에 서기까지는 엄청난 노력이 필요했다.

그래서 페르제는 누구에게도 실력을 드러내지 않고 오직 수련에만 몰두했다.

스스로 만족할 때까지.

스스로 자신이 설 때까지.

그건 만인을 다스리는 높은 자리에 있는 만큼 힘과 능력을 갖추어야 한다는 생각 때문이었다.

아카데미에 온 것도 이제는 충분하다 싶어서였다.

하지만 아니었다.

"아직도 스스로 대단하다고 생각해?"

레인의 말이 페르제의 가슴을 후벼 팠다.

페르제는 변명이라도 하고 싶은 생각에 입을 열었다.

"난… 난……."

"배경이 없는, 지금의 모습이 너다."

"하하, 하하하. 이게 나라고?"

"그래. 너 스스로를 봐라."

페르제는 천천히 고개를 들어 레인의 얼굴을 쳐다봤다.

레인의 뒤로 커다란 그림자가 보였다.

뛰어난 마법사이면서 화염술사인 자신보다 불꽃을 더 잘 다루는 존재, 바로 자신의 마스터가 그 자리에 있었다.

이 순간 왜 마스터의 모습이 떠오르는지 이해할 수 없었지만 마치 그가 말하는 것 같은 착각이 들었다.

"후우우."

페르제는 심호흡을 하고 자신의 모습을 살폈다.

화려함을 자랑하는 붉은 머리카락은 온통 그을려 있었고, 언제나 단정하고 깨끗한 옷차림은 형편없이 더러웠다.

잔뜩 일그러진 얼굴은 거울을 보지 않아도 알 것 같았다.

페르제는 자신도 모르게 피식 웃었다.

"참 볼품없군. 이게 내 모습이란 말인가?"

"그래."

레인은 그렇게 말한 뒤 한 걸음 물러섰다.

페르제는 힘겹게 몸을 일으키고 주위를 둘러봤다.

함성은 사라졌고, 모든 게 조용했다.

그 학생들 사이로 하네스의 모습이 보였다. 그리고 그 옆에
는 체로키와 홀스의 부축을 받은 클레이븐이 서 있었다.

갑자기 알 수 없는 감정이 북받쳐 올랐다.

하네스와 클레이븐이 눈으로 말하고 있었다.

그만하면 충분합니다.

넌 졌어. 패배를 인정해. 그건 부끄러운 게 아니야.

페르제는 천천히 고개를 돌려 레인을 쳐다봤다.

입이 힘겹게 열렸다.

"내 패배다."

페르제는 그 말을 끝으로 무대를 내려갔다.

"승자 레인."

루트의 선언과 동시에 무대에 혼자 남은 레인을 향해 요란
한 함성이 쏟아졌다.

“큭큭큭.”

“푸하하하하!”

웃음소리가 끊이지 않았고, 덩달아 레인의 얼굴이 일그러졌다.

“그만, 그만하라고!”

레인이 버럭 소리쳤지만 소용이 없었다.

콘티엘은 입을 가리고 큭큭거렸고, 홀스는 아예 베개에 얼굴을 파묻고 미친 듯 버둥거렸다.

레인은 벌떡 일어나 홀스의 목을 잡고 힘껏 눌렀다.

“그래, 영원히 웃어라. 지옥에서.”

“크읍, 끄어어업, 우으으읍.”

홀스는 저항을 하면서도 소음을 멈추지 않았다.

그때 하네스가 차가운 목소리로 말했다.

“환자에게 시끄러운 환경은 좋지 않습니다.”

레인은 휙 고개를 돌리며 말했다.

“넌 여기 왜 있는 건데?”

“그야 페르제님이 계시니까요.”

너무도 당연하다는 대답에 레인이 인상을 찌푸렸다.

하네스의 말대로 페르제는 여기 치료소에 누워 있었다, 바로 클레이븐 옆에.

물론 부상은 심하지 않았다.

하지만 아카데미 내에서 페르제가 눕고자 하면 불가능한 장소는 몇 군데밖에 없었고, 적어도 치료소는 아니었다.

"하아."

레인은 답답한 마음에 한숨을 내쉬었다.

애초의 의도대로 된 건 맞았다.

클레이븐이 당한 만큼 페르제를 흠씬 두들겨 패서 반쯤 병신으로 만들 생각이었다. 아울러 썩어빠진 정신이 개조될 만큼 말이다.

하지만 클레이븐 옆에 눕힌다는 것 말고는 제대로 된 게 하나도 없었다.

"제길."

레인은 투덜거리며 체로키를 노려봤다.

체로키는 사랑하는 제자에게 주려는 듯 과일칼에 오러를 만들어 파인애플을 깎고 있었다.

사실 모든 게 오해이자 착각임이 밝혀진 건 얼마 되지 않았다.

레인은 루트에게 오줌 싸고 기절한 가르트를 치워달라고 했다. 그렇게 루트가 보낸 학생에게 클레이븐이 부탁을 했고, 홀스와 콘티엘이 불려왔다.

클레이븐은 두 사람의 부축을 받은 채 결승 시합을 보러 왔다가 체로키와 대화를 나누었고, 그 와중에 하네스가 합

류했다.

그들은 곧 레인이 엄청난 오해를 하고 있다는 결론을 도출하고 말았다.

모든 원흉은 바로 가르트였다.

하지만 시합은 한창 진행 중이었고, 레인은 페르제와 대화를 나누기 위해 주변의 소리를 차단해 버렸다.

만약 체로키 정도 되는 실력자의 전음이 아니었다면, 레인은 아마 페르제를 절대안정 전치 삼 개월 수준으로 만들어 버렸을 게 분명했다.

어쨌든 오해는 풀렸지만 문제는 그 직후에 벌어진 사건이었다.

"검투 시합의 우승자는 앞으로 나오도록."

루트는 기분이 굉장히 좋고 신이 났지만 억지로 가라앉은 목소리를 냈다.

레인은 잠시 멍해 있다가 루트가 손짓을 하자 겨우 정신을 차렸다.

분명히 루트가 말했다.

검투 시합의 우승자가 그 영광을 도로시 공주에게 돌림으로써 학생회장 선거에서 유리한 고지를 점령할 수 있다고 말이다.

원하든 원치 않든 우승한 건 자신이었고, 약간의 예의를 차리는 것 정도는 손해 보는 게 아니었다.

"승자에게는 약속된 소정의 부상과 함께 오늘 밤 댄스파티에서 도로시 공주의 파트너가 될 수 있는 영광이 내려질 것이다."

루트의 선언에 학생들의 부러움에 찬 함성이 울려 퍼졌다.

"우우우우우!"

"죽어, 죽어라!"

그 한쪽에는 소리없이 눈물을 흘리는 아카데미 공식 변태 팔모슨도 있었다.

어쨌든 곧 소란이 잦아들자 도로시 공주가 나타났다.

도로시 공주는 공주답게, 공주스러운 걸음으로 레인의 앞에 섰다.

레인은 예절대로 고개를 숙이며 오른손을 내밀었고, 도로시 공주는 그 손을 잡았다.

문제는 도로시 공주의 표정이었다.

찡그린 인상을 보면 어딘가 화가 난 것 같기도 했고, 약간 붉게 물든 볼을 보면 그게 아닌 것도 같았다.

그랬다.

거기서부터가 문제였다.

도로시 공주가 갑자기 손을 뿌리치더니 사냥감을 잡듯 양

손으로 레인의 얼굴을 붙잡았다.

"넌, 내 거야."

"예?"

"이번엔 도망치게 놔두지 않겠어."

레인이 무슨 말인지 이해를 하기도 전에 도로시 공주의 얼굴이 다가왔다.

그리고 진한 키스가 이어졌다.

순간 침묵이 찾아왔다.

학생들은 석화 마법에 걸린 것처럼 움직일 줄 몰랐고, 현실과 환상의 경계를 오락가락하고 있었다.

잠시 후, 키스를 끝낸 도로시 공주는 만족스러운 미소를 날리며 무대 아래쪽으로 사라졌다.

물론 레인은 멍한 표정에서 벗어나지 못한 상황.

그때 갑자기 비명이 터져 나왔다.

"우아아아아아악!"

그 주인공인 팔모슨은 온몸을 부들부들 떨더니 그대로 기절해 버렸다.

처참한 비명 덕분일까?

정신을 차린 학생들도 그제야 이 엄청난 사태를 인식하기 시작했다.

"레이이이인!"

학생들의 분노가 무대를 휩쓸었다.

동시에 도로시 공주 친위대 대장이자 호위기사인 손이 검을 뽑으며 외쳤다.

"싸우자! 역적을 무찌르자!"

"공주를 구하라!"

공주 친위대들은 레인의 목을 베기 위해 광신도처럼 달려들었고, 학생들이 던지는 엄청난 양의 쓰레기가 무대를 엉망으로 만들어 버렸다.

그렇게 말도 많고 탈도 많았던 검투 시합이 끝나고 말았다.

"끄으으."

생각하면 할수록 레인의 얼굴이 붉게 물들었다.

그 뒤로 엄청난 시달림을 받았다.

학생들은 별다른 행동을 하진 않았지만, 공주 친위대는 레인을 보자마자 검을 빼 들었고, 도전을 했다.

덕분에 댄스파티는커녕 며칠 내내 사람들의 눈을 피해 도망 다녀야 했던 것이다.

레인이 부끄러운 듯 손을 들어 얼굴을 가리자 지옥(?)에서 돌아온 홀스가 깐죽거렸다.

"어때? 좋았어?"

"홀스, 니가 정녕 저 옆에 눕고 싶은 모양이구나."

레인이 옷소매를 걷어붙이며 주먹을 불끈 쥐었다.

홀스는 펄쩍 뛰며 클레이븐의 뒤로 피하려고 했다. 하지만 체로키의 과일칼에서 생겨난 오러가 그 앞길을 막았고, 콘티엘 역시 두 손을 앞으로 하고 실드를 만들었다.

남은 방향은 페르제가 있는 곳. 하지만 여기도 강적이 있었으니, 바로 차가운 인상의 하네스였다.

"환자에겐 조용한 환경이 중요합니다."

하네스의 말에 홀스가 멈칫했고, 레인이 달려들었다.

"내 주먹으로 조용한 환경을 만들어주지."

"크악! 친구야, 왜 이러니? 아욱!"

결국 뒤통수에 강한 충격을 받은 홀스가 기절하자 잠시간의 소란이 잠잠해졌다.

레인이 손을 탁탁 터는 모습에 페르제는 크게 웃었다.

"하하! 이거 그때와 전혀 다르잖아."

"물론 다르죠. 그때는 선배를 팼고 지금은 친구를 팼으니까요. 가만, 그러고 보니 막상 제가 직접 때린 건 없는 것 같은데요? 그러니까 같은 상황이 되려면⋯⋯."

레인이 주먹을 쥐고 다가서자 페르제의 얼굴이 하얗게 변했다.

"난 마음을 두들겨 맞았다고, 아주 아프게."

"그 상처가 겉으로 티가 나게 해드릴 수도 있습니다."

레인의 호기로운 말에 하네스가 막아섰다.

"페르제님에게 가려면 우선은 저를 넘어야 할 겁니다."

"뭐, 난 상대가 많을수록 좋지. 화풀이에 그만이거든."

레인이 씨익 웃자 잠시 망설이던 하네스가 말했다.

"죄송합니다, 페르제님."

"하네스!"

페르제가 발악하듯 소리쳤지만 하네스는 조용히 눈을 감고 귀를 막을 뿐이었다. 물론 진심 어린 명복을 빌어주는 것도 잊지 않았다.

그때 체로키가 조그만 목소리로 한마디 했다.

"역시 애들은 싸우면서 크는 거야. 그렇게 친해지기도 하고."

순간 잠시 정적이 흘렀다.

모두가 알고 있었다.

지금은 오해가 풀리고 페르제와 클레이븐, 그리고 홀스로 인해 장난치고 있지만 그건 잠시였다.

페르제가 구 왕국파의 중심으로 있는 한 정치적으로, 혹은 세력 싸움으로 부딪치게 될 사이였다.

물론 미래는 확정된 게 아니어서 바뀔 수도 있지만 적어도 지금은 그런 사실을 묻어두고 있는 상황이었다.

더군다나 페르제의 입장에서 레인은 용서할 수 없는 적이었다. 자신의 왕국을 몰락시켜 제국의 일개 영지로 바꾸어 버린 로헬 백작 가문을 이을 자였으니까.

그렇게 싸늘한 분위기를 바꾼 건 갑자기 정신을 차린 홀스였다.

"공주, 공주다!"

"끄아아악!"

레인은 깜짝 놀라 펄쩍 뛰더니 숨을 곳을 찾기 위해 주위를 두리번거렸다.

"나 여기 없는 거다."

말이 끝나기도 전, 번개가 무색할 만큼 빠르게 레인의 모습이 사라졌다.

Emperor Sword

CHAPTER 05
도망치는 레인

페르제는 다리를 꼰 채로 의자에 앉아 있었다.

살짝 고개를 기울이고 깍지를 낀 손을 무릎에 올렸는데, 그 모습이 자연스러워 보일 정도였다.

언제나처럼 페르제의 옆에 하네스가 있었는데, 평소보다 표정이 굳어 있는 것 같았다.

그래서일까?

긴 탁자에 마주 앉아 있는 학생들은 눈치를 보는지 입도 벙긋하지 못했다.

그렇게 조용한 분위기가 한참이나 이어졌다.

피식.

갑자기 들린 소리에 학생들은 누가 감히 눈치없게 행동하느냐는 원망의 눈초리를 날렸다.

하지만 그 상대는 바로 페르제였다.

뭔가 기분 좋은 일이 있는 듯 미소를 짓고 있는 것이다.

그렇게 분위기가 풀리는가 싶었다.

"하네스."

"예, 페르제님."

"궁금한 게 있는데, 왜 저들이 여기에 있는 거지?"

하네스는 사흘마다 한 번씩 회의를 하는 날이라고 말하려다가 입을 다물었다.

왠지 페르제의 마음을 알 것 같았다.

하네스는 얼굴의 절반을 붕대로 덮은 요한센을 비롯한 학생들을 향해 말했다.

"모두 나가라."

슬금슬금 눈치를 보던 학생들이 조심스럽게 움직였다.

곧 방 안이 조용해지자 페르제가 손의 깍지를 풀고 자리에서 일어났다. 그리곤 천천히 방을 한 바퀴 돌면서 손가락으로 탁자를 두드렸다.

"조용하군. 마음에 들어."

페르제는 미소를 짓더니 원래의 자리로 돌아가 앉았다.

“하네스.”

“예.”

“어떻게 생각해?”

밑도 끝도 없는 질문이었지만 하네스는 그 의미를 알고 있었다.

“저는 단지 페르제님을 따를 뿐입니다.”

“고마워. 하지만 솔직한 너의 의견을 듣고 싶다.”

“말씀하십시오.”

하네스는 숙였던 고개를 들고 페르제의 눈을 쳐다봤다.

결심을 한 듯 붉은 눈동자에 확신이 차 있었다.

“많이 생각했지, 대체 난 뭘 잘못한 걸까 하고 말이야.”

“페르제님은 잘못이 없습니다. 제대로 모시지 못한 저의 잘못입니다.”

“내가 그런 이야기를 하려고 말을 꺼낸 게 아니라는 걸 알잖아.”

약간은 장난기가 있는 말에 하네스는 입을 다물었다.

페르제는 천천히 고개를 돌려 학생들이 나간 문을 쳐다봤다. 아마 요한센을 비롯한 이들은 안에서 들리는 소리에 귀를 기울이고 있을 것이다.

“세력, 좋지. 많은 지지 역시 나쁘지 않아. 아니, 이전까지는 그렇다고 생각했어.”

페르제의 얼굴은 조금씩 굳어져 갔다.

"난 머지않아 가문을 이어 정식으로 귀족이 될 학생들에게 강한 영향력을 행사하고 싶었어. 그리고 가장 좋은 방법이 바로 아카데미의 학생회장이 되는 거였지."

"비록 우승하진 못하셨지만 충분한 능력을 보이셨습니다."

"맞아. 그랬지."

약간의 쓸쓸함이 페르제의 눈빛에 깃들었다.

사실 사람들은 고작 아카데미의 학생회장이 무엇을 할 수 있을까 하고 생각하지만 상황은 그리 단순하지 않았다. 귀족이라면 반드시 의무적으로 다녀야 하기에 그 영향력이 상당하다고 할 수 있는 것이다.

"내 목표는 너도 알고 있겠지?"

하네스는 담담히 고개를 끄덕였다.

십여 년을 넘게 모셨으니 어찌 모르겠는가.

페르제가 진정으로 원하는 건, 아니, 보다 정확히 말하면 구 왕국파 귀족들이 원하는 건 오로지 하나였다.

과거의 영광을 되찾는 것.

왕이었던 자가 귀족이 되어 다른 황제를 섬기는 건 그들에게 굴욕이나 다름없었다.

특히 페르제가 초조해하고, 서두르는 건 루틴 공작령의 변화 때문이었다.

테일론 제국에 편입되면서 새로운 방식의 제도들이 들어 왔다. 그 덕에 백성들의 생활이 편해지면서 반대로 귀족들의 힘과 영향력이 이전보다 약해지고 있었다.

이런 상황이 더 지속된다면 과거의 영광은 단지 역사책에만 남게 될 것이 분명했다.

"난 그걸 버리겠다."

"예?"

하네스는 깜짝 놀라 페르제의 얼굴을 쳐다봤다.

"지금 중요한 건 학생회장이 되는 것도, 귀족 세력을 포섭하는 것도 아니다."

"하지만……."

페르제는 고개를 저은 뒤 문을 가리켰다.

"봐라, 저 쓰레기 같은 녀석들을. 단지 나의 배경을 보고 이해득실을 따져 내 밑에 모인 녀석들과 뭘 할 수 있다는 말이냐?"

"장기적인 관점에서 보면 도움이 될 겁니다."

"아니야. 저들 중에는 나에게 진심으로 충성을 하는 녀석은 아무도 없어. 단지 내 눈치를 살피고 비위만 맞추려는 녀석들이 전부야."

"그렇지만 혼자서 할 수 있는 일과 없는 일이 있습니다."

"그 말은 맞다. 하지만 왕국이 어떻게 일개 영지가 되었는지를 잊었느냐?"

순간 말문이 막히는 하네스였다.

루틴 왕국은 두 제국 사이에 끼어 있었고, 어느 한쪽을 선택하지 않으면 남은 건 전쟁뿐이었다.

그런 상황에서 칸젤과 세이렌이 루틴 왕국의 귀족들을 흔들었다.

약점을 가지고 협박을 했고, 막대한 자금으로 포섭을 했다.

거기에 넘어간 귀족들은 나라를 팔아넘기는 데 동의했고, 결국 국왕은 설득에 넘어가고 말았다.

아마 전쟁을 선택했다면 루틴 왕국은 아직도 존재하고 있을 가능성이 컸다.

테일론 제국은 충분히 만족하고도 넘칠 만큼의 영지를 가졌고, 발틴 제국은 당시 황제의 갑작스러운 죽음으로 최근까지도 내전의 후유증에 시달려야 했으니까.

"그 쓰레기 같은 귀족들은 할아버지를 설득한 대가로 제국 내부에 비옥한 영지를 얻을 수 있었다. 충성심보다 스스로의 부귀를 택한 것이지."

페르제는 단호한 표정으로 문을 쳐다봤다. 그리고 그 뒤에 있을 학생들이 들으라는 투로 말했다.

"그동안은 몰랐다. 하지만 가르트 녀석이 알게 해주었지,

저 문밖에 있는 녀석들 역시 그 귀족들과 다를 게 없다는 사실을."

하네스는 감히 다른 말을 꺼낼 수 없었다.

사실 쓸 만한 능력을 가진 학생들은 있었지만 믿음을 주기는 많이 부족했다. 그렇다고 그들을 내치는 건 지금까지의 일을 생각하면 맞지 않았다.

"한 번 더 생각해 보십시오."

"네 마음은 안다. 하지만 내 결심은 확고하다."

확신에 찬 페르제의 목소리에 하네스가 고개를 숙였다.

"난 스스로를 키우겠다. 그리고 오로지 나만 보고 따라올 이들과 함께할 것이다."

"그 옆에 제가 있을 겁니다."

"당연하지. 넌 나의 것이니까."

페르제의 입가에 마음의 상처를 덜어버린 자만이 가질 수 있는 환한 미소가 머물렀다.

*   *   *

"대체 어쩌자고 그런 짓을 벌인 겁니까?"

루트는 잔뜩 흥분한 목소리로 따지고 들었다.

도로시 공주는 태연히 대꾸했다.

"뭐가?"

"우승자의 영광을 받는 것만으로 충분하지 않습니까. 그런데 왜 그런 행동을 하신 거죠?"

"호호, 질투하는 거야?"

"그런 기분이라도 든다면 다행이겠죠."

루트의 비아냥거림에 도로시 공주는 살짝 인상을 찌푸렸다.

사실 루트는 학생들의 분위기를 읽지 못해 당황해하고 있었다.

레인은 자신의 실력을 당당히 드러내며 페르제를 꺾었다.

물론 대부분의 학생들은 시합의 내용을 정확히 파악하지 못했다.

레인과 페르제의 움직임은 무척 빨랐고, 화려했으며, 대다수의 학생들과 엄청난 수준 차이가 있었으니까.

학생들이 결과를 받아들인 건 페르제의 패배 선언이었고, 레인이 마지막까지 무대에 남아서였다.

어찌 되었든 새로운 영웅이 태어났고, 그 주인공이 도로시 공주에게 승리의 영광을 돌리는 것으로 끝이었다.

남은 건 그 열띤 호응과 지지를 바탕으로 학생회장이 되어 페르제의 야욕을 저지하는 것이었다.

'그랬는데, 그랬는데…….'

루트는 고개를 절레절레 저었다.

도로시 공주의 돌발적인 키스 사건 때문에 레인은 아카데미의 공적이 되었다. 그 영광스러운 승리와 호응이 모조리 날아가 버린 것이다.

그런 루트의 생각과 다르게 도로시 공주는 약간은 기분이 들떠 있었다.

"생각해 봐. 신입생 환영회 때도 그랬고, 검투 시합에서도 그랬어."

"뭐가요?"

"레인은 날 보려 하지 않았어."

"그야……."

루트는 뭔가가 생각났는지 입을 다물었다.

"그러니까 있을 수 없는 일이잖아. 난 공주야. 대제국 테일론의 황족이고 황위 계승 서열 6위라고."

"그걸 모르는 사람이 누가 있습니까?"

"그게 문제라는 거야."

도로시 공주의 얼굴이 복잡한 감정을 드러내었다.

"대체 어떤 사내 녀석이 날 무시할 수 있다는 거지? 미친놈이거나 남자 좋아하는 녀석이 아니라면 그럴 수는 없는 거잖아."

"화가… 나셨던 거군요?"

"그래. 그런데 막상 얼굴을 보니 또 생각이 달라지더군. 왠지 내 걸로 만들고 싶다는 기분이었어."

"그래서 입술 도장을 찍었단 말입니까?"

"글쎄? 비슷하다면 비슷한데, 뭔가 하지 않으면 이 장난감을 다른 사람에게 뺏길 것 같은 기분이랄까?"

루트는 속으로 한숨을 내쉬었다.

도로시 공주는 어릴 때의 일을 기억하지 못했다. 하지만 어느 정도 영향은 있었는지 혼란스러운 감정에 갈피를 못 잡고 있었다.

트라시온을 통해 알게 된 것 중 하나가 네 사람의 어린 시절이었다.

어린아이들이 하는 놀이 중 소꿉장난이 있었다.

남자가 아빠, 여자가 엄마, 그리고 나머지 애들은 할아버지나 아이 역할을 맡아 행복한 가족 놀이를 하는 것이다.

트라시온 황자, 도로시 공주, 레이나 황녀라는 어마어마한 신분들, 그 사이에 레인이 낀 건 불행이면 불행이라고 할 수 있었다.

트라시온은 오빠였으니 남편에서 제외.

도로시 공주와 레이나 황녀는 엄마 자리를 놓고 치열(?)한 싸움을 했고, 레인은 레이나의 손을 들어주었다.

레이나 황녀는 태어날 때부터 병약했고, 아파서 많이 놀 수 없었다. 많이 나아졌지만 지금도 무리를 하면 안 될 정도라 아직도 황성을 벗어나지 못하고 있는 것이다.

그렇게 레인과 레이나 황녀는 아빠 엄마가 되었고, 도로시 공주는 투정을 부렸다.

물론 트라시온이 중재를 하긴 했지만 사방팔방 떠들고 다니며 세 사람을 놀린 것도 그였으니까.

'도로시 공주가 기억 못하는 게 어쩌면 다행일지도 모르겠군.'

루트는 레인에게 진심으로 애도를 했다.

그때 도로시 공주가 날카로운 눈빛으로 루트를 쳐다봤다.

루트는 찔끔거렸지만 곧 태연한 표정을 지었다.

"그런데 왜 레인은 날 찾아오지 않는 거지?"

"그, 그야 공주님 친위대가 살기등등하게 돌아다니고 있는데 무슨 배짱으로 여길 오겠습니까?"

"그렇지? 너도 그렇게 생각하지?"

"그게… 글쎄요."

루트의 말이 들리지 않았는지 도로시 공주는 의기양양하게 소리쳤다.

"그래, 맞아! 레인은 나한테 반했어! 하지만 저 극악무도한 친위대란 녀석들 때문에 날 찾아오지 못하는 거야! 아아, 우리 사랑은 어찌 이리도 애절하단 말인가?"

　도로시 공주의 기막힌 연극에 루트는 두통이 몰려오는 걸
느꼈다.

　'왜 공주병이 삼대 불치병이라는지 알겠군.'

　물론 도로시는 진짜 공주였으니 조금 비유가 이상하긴 했
지만.

　"그럼 친위대를 해산시킬까요?"

　"아니. 그럴 순 없어. 그 애들도 나의 매력에 빠진 노예들
인걸. 만약 그랬다간 폭동이 일어날 수도 있다고."

　"아아, 예. 예이, 일겠습니다요."

　루트는 진심으로 도로시 공주가 재수없다고 생각했다.

　"어쨌든 너, 찾아서 레인을 데려와."

　"그게 어디에 숨었는지 찾을 수 없습니다. 수십 명의 학생
이 아카데미를 이 잡듯이 뒤졌다고요."

　"그래도 찾아와. 못 오겠다고 하면 목에 쇠사슬을 묶고 채
찍으로 때려서라도 끌고 오란 말이야."

　"그거 조금 위험한 발언 같은데요?"

　도로시 공주가 눈을 치켜뜨고 노려보자 루트는 고개를 저
었다.

　'대체 어디 숨은 거야?'

　루트의 한숨 소리는 더욱 깊어져만 갔다.

"이쪽이다."

누군가의 외침과 동시에 학생들이 우르르 몰려들었다. 하지만 막 건물을 돌자마자 아무것도 볼 수 없었다.

"어? 이상하네. 방금 전까지 있었는데?"

주위를 몇 번이고 살폈지만 사람이 있었던 흔적은 전혀 없었다.

"제길. 대체 어디로 숨은 거지?"

자칭 친위대들은 이를 빠드득 갈며 화를 냈다.

그 건물의 꼭대기.

레인은 아래를 향한 시선을 거두고 지붕에 그대로 드러누웠다.

"좀 잠잠해지나 싶었더니……. 하아."

레인은 약간 짜증이 났다.

한동안 도로시 공주의 키스 때문에 수많은 도전자를 만나야 했다.

며칠 동안은 용케 피해 다녔고, 페르제가 치료소에 있는 동안 함께하면서 불편한 걸 피할 수 있었다.

그렇게 며칠이 지나자 분위기는 많이 가라앉았다.

팔모슨을 비롯한 몇 명을 제외하면 레인을 그다지 쫓지 않은 것이다.

그런 학생들이 돌변한 건 불과 이틀 전이었다.

"대체 왜 날 가만히 놔두지 않는 거냐고!"

레인은 머리카락을 쥐어뜯으며 분통을 터뜨렸다.

지은 죄도 없이 도망 다니는 걸 누가 좋아하겠는가.

잠시 고민하던 레인은 몸을 일으켰다. 그리고 건물 사이를
뛰어넘으며 옐로우 스톤으로 향했다.

"오, 왔어?"

체로키는 반가운 표정으로 레인을 맞이했다.

반대로 레인은 당장에라도 숨 넘어갈 듯한 표정으로 말했
다.

"아무래도 도망가야겠습니다. 이대로 있다가는 제명에 못
살 것 같아요."

"그러게 왜 도로시 공주를 건드린 거야."

"제가요? 무슨 말도 안 되는 소리를……."

"나야 잘 알지. 하지만 소문이 그렇게 났어."

"소문요?"

레인은 고개를 갸웃거렸고, 체로키는 짓궂게 웃었다.

"레인이란 녀석이 도로시 공주와의 키스를 잊지 못해 야밤
에 침실로 몰래 숨어들었다고 하더군. 다행히 경비기사에게

발견되어 쫓겨났지만."

"쿨럭!"

레인은 갑자기 사레가 들린 듯 기침을 연이어 했다.

대체 저놈의 집안은 왜 생각하는 게 거기서 거기인지 이해가 되지 않았다.

"뭐, 그런 이유로 친위대들이 너에게 복수의 칼날을 갈고 있다더군. 물론 소문을 낸 원흉은 루트지만."

"예? 루트?"

체로키가 고개를 끄덕이자 레인은 인상을 찌푸렸다.

자신은 해달라는 대로 해준 것뿐이었다. 사고(?)를 친 건 도로시 공주지 자신이 아닌 것이다.

"대체 저에게 무슨 원한이 있어서 그런 거랍니까?"

"개인적인 감정은 없는데, 도로시 공주가 널 잡아오라고 시켰나 봐. 그래서 그런 소문을 퍼뜨린 거지."

"정말이지, 이놈의 황족들은 너무 제멋대로군요."

"그만큼 네가 마음에 든다는 말이겠지."

"아아, 그런 관심은 사양하고 싶어요."

레인은 질색하는 표정으로 손을 저었다.

"그건 그렇고, 물어볼 게 있어요."

"뭔데?"

레인은 수련 동굴 안에서 있었던 일들을 이야기했다.

　며칠 쉬는 동안 복면을 한 학생들이 뭔가를 찾으러 들어왔을 때, 어렴풋이 들었던 대화가 떠올랐던 것이다.

　체로키는 깜짝 놀란 표정을 지었다.

　"고대 유물이 숨겨져 있기는 하지. 그래서 너보고 깊숙이 들어가지 말라고 했었잖아."

　"그건 기억이 안 납니다만, 어쨌든 뭐가 있는 겁니까?"

　체로키는 잠시 고민하는 표정을 짓더니 결국 고개를 끄덕였다.

　"따라와."

　체로키는 그때의 동굴을 찾았고, 레인이 뒤따랐다.

　동굴의 모습은 이전과 별반 다를 게 없었는데, 체로키는 그 훨씬 안쪽을 향해 움직였다.

　막상 깊숙이 들어와 보니 예상과 달리 동굴은 휘어져 있었다. 그 탓에 정확한 깊이를 알 수 없었던 것이다.

　"벌써 10분은 넘게 들어온 것 같은데요?"

　"이제 겨우 반쯤 왔다."

　체로키의 말에 레인은 어깨를 으쓱거렸다.

　"그런데 왜 여기에 그 고대의 유물이 있다는 거죠?"

　"여기라면 안전하다고 생각했으니까."

　체로키는 천천히 설명을 이었다.

　일단 아카데미 내부에 들어오는 것도 보통 사람에게는 거의 불가능한 일이었다. 신분이 증명된 귀족가의 자제들이나 혹은 아카데미의 일과 관련된 사람만이 출입이 가능했으니 외부인은 없다고 봐도 좋았다.

"특히 옐로우 스톤에는 아주 많은 동굴이 있지. 거길 수련 생들에게 분배하는 건 내 역할이고."

"그러니까 몰래 이 동굴에 들어올 확률은 거의 없다는 말이군요."

"그래. 수련이 목적이라면 이렇게 깊이 올 리도 없고."

레인은 이해가 된다는 듯 고개를 끄덕였지만 그 학생들은 정확히 여기를 알고 있었다.

왔던 만큼 걷자 체로키가 걸음을 멈추었다.

레인은 혹시 뭐가 있나 싶어 주위를 두리번거렸지만 특별한 건 보이지 않았다.

그저 정면의 벽은 막혀 있었고, 약간 이질적인 기운이 느껴지는 게 전부였다.

"이 안에 뭐가 있는 겁니까?"

레인이 한 걸음 나가자 체로키가 손을 뻗어 말렸다.

"더 앞으로 나가면 위험해."

"예?"

체로키는 바닥의 돌멩이를 툭 걸어찼다.

돌멩이가 정면의 바위와 부딪치는 순간 사방의 벽이 환한 빛을 뿜어냈다.

"어라? 사라졌네요?"

"그럼 아무 대비도 없을 줄 알았냐?"

"그건 아니지만… 대체 무슨 장치가 되어 있는 겁니까?"

체로키는 곤란스러운 표정을 지었다.

"그게… 나도 잘 몰라."

"예?"

"그러니까… 나도 잘 모른다고. 이 마법진을 만든 건 칸젤 형님이거든."

레인은 수긍할 수밖에 없었다.

다른 사람도 아닌 아버지 칸젤은 가끔 '비밀은 아는 사람의 숫자만큼 가치가 떨어진다' 라는 말을 했었다.

특히 체로키의 역할이 '지키는 자' 라면 굳이 비밀을 알려 줄 필요가 없는 것이다.

"그래도 짐작 가는 건 있잖아요."

"있지. 그러니까 내가 아는 건 뭔가가 저 벽에 닿으면 마법진이 발동하고, 건드린 상대를 어디론가 보낸다는 게 전부야. 그리고……"

체로키는 혹시나 하는 생각에 주위를 둘러보고 목소리를 낮추었다.

"이 마법진은 황궁의 지하 감옥과 연결되어 있다더군."

“설마?”

말은 그렇게 했지만 충분히 가능했다.

칸젤은 제국의 일에 관여했으니, 이 유물을 노린다면 제국의 적이나 다름없었다. 그런 적을 힘들게 잡기보다는 지하 감옥으로 바로 보내는 게 훨씬 효율적이었다.

“이 마법진을 해체하려면 최소 5클래스 수준의 마법사가 필요하다더군. 그게 아니라면…….”

체로키는 웃으며 옆의 벽을 툭툭 두드렸다.

“벽을 파고 한참을 돌아가야 한다는 말이군요.”

레인의 말에 체로키가 고개를 끄덕였다.

“정답이야.”

“쉽게 가져갈 수 없다니, 일단은 다행이군요. 그럼 고대의 유물은 뭡니까?”

“그것도 당연히 모르지. 여길 들어가는 방법도 모르는데 그걸 알 리가 없잖아. 유물의 정체를 아는 사람은 아마 몇몇 직계 황족이나 칸젤 형님과 형수님 정도일걸?”

체로키의 말은 일리가 있었다.

뭔가 대단한 힘을 가진 물건임에는 분명했지만 칸젤이 봉인을 했다면 분명 이유가 있을 것이다.

‘어쩌면 상당히 위험한 물건일지도 모르겠군.’

레인은 깊게 생각하지 않기로 했다.

그나마 다행인 건 자신을 궁금하게 만든 고민 하나를 털어버렸다는 것이다.

"그런데 정말 여기 마법진이 황궁과 이어져 있다고요?"

"나도 듣기는 그렇게 들었어. 확신할 수 없지만……."

갑자기 레인의 얼굴이 밝아졌다.

"정말 다행이군요. 어떻게 아카데미를 빠져나갈까 고민했었는데."

체로키의 눈이 커졌다.

"너 설마?"

"잘됐죠. 뒤처리를 부탁할게요."

레인은 개운한 표정을 지으며 마법진을 향해 몸을 던졌다.

번쩍하는 빛과 함께 레인이 사라졌다.

체로키는 황당한 얼굴로 말했다.

"그거… 농담이라고 들었는데."

Emperor Sword

CHAPTER 06
새로운 임무

TAVIT
Emperor
Sword

"끄아아아악!"

레인은 목이 쉴 정도로 비명을 질렀다.

좁고 기다란 통로는 끝없이 이어져 있었고, 벌써 십 분이 넘게 떨어지고 있었다.

체로키는 분명 황궁 지하 감옥이라고 했다. 그래서 레인은 아카데미를 나와서 황성까지 가는 것보다는 차라리 감옥에서 간수를 부르는 게 훨씬 빠를 거라 생각했다.

맞았다.

빠르기는 정말 빨랐다.

근데 어디로 가는지 알 수 없다는 게 문제였다.

다행히 통로의 아래쪽에서 환한 빛이 보이는 걸 보니 끝이 있는 것 같았다.

번쩍.

또다시 마법진이 빛을 뿜어냈고 레인의 몸이 사라졌다.

그리고 레인은, 같은 과정을 열 번이나 반복했다.

더 복잡한 통로를 따라서.

"우웨웨웩! 우웩! 커어억!"

레인은 자신의 몸이 중력의 법칙이 존재하는 바닥에 닿자마자 몸속에 있는 모든 걸 토해내기 시작했다.

그러길 수차례.

겨우 흔들리던 머리통이 제자리를 잡았고, 모든 게 흐릿하게 보이던 시야가 회복되기 시작했다.

레인은 믿기지 않는다는 듯 몇 번이고 눈을 깜빡거렸다.

어딘가 익숙한 마법진이었다.

주위에는 수십 명의 마법사와 그 숫자보다 두 배는 많은 기사들이 황당하다는 표정을 짓고 있었다.

하기야 그게 당연할지도 몰랐다.

갑자기 마법진이 번쩍거렸고, 웬 이상한 녀석이 튀어나와 바닥을 향해 격렬하게 토했다. 그 모습을 평범한 시선으로 볼 수 있는 사람이 누가 있을까.

그런 황당한 상황에서 누군가가 소리쳤다.

"적이다!"

마법사들이 일제히 손을 들어 주문을 외웠고, 기사들이 검을 뽑았다.

"아, 아니, 그게… 우우웩!"

레인은 다급히 말을 하려다 오히려 오물을 뿜어내고 말았고, 그게 마법사와 기사들을 더욱 분노하게 만들었다.

레인은 다행히 낯익은 인물을 발견할 수 있었다.

"베이딘 마법사님."

자신을 부르는 목소리에 베이딘은 눈을 부릅떴다.

"모두 멈춰."

막 발출 직전의 마법들이 사라지고, 기사들이 도로 검을 집어넣었다.

그제야 레인은 안도의 한숨을 내쉴 수 있었다.

"푸하하하!"

미친 듯 웃는 소리가 사방을 울렸다.

베이딘은 안절부절못하는 목소리로 조심스럽게 말했다.

"황자님, 체통을 지키십시오."

"하하, 하하하하! 체통, 난 그런 거 몰라."

트라시온 황자는 숫제 바닥을 뒹굴었다.

베이딘은 난감한 표정으로 주위를 둘러봤다.

레인은 약간 멍한 얼굴이었고, 마법사들 역시 고개를 돌렸다. 특히 기사들은 주군의 추태를 보지 않으려는 듯 눈을 감고 고개를 숙이고 있었다.

"생각해 봐. 웃기잖아."

트라시온 황자의 말대로였다.

황궁 파라시움의 지하는 무척 비밀스러운 장소였다.

페르나팍스에 대한 실험뿐만 아니라 마법사들이 연구실과 입이 무거운 로열 가드들의 수련장도 있었다.

때문에 황궁에서 여기까지 오는 건 쉬운 일이 아니었다.

그런 중요한 장소에 불쑥 나타나 구토를 한다? 그것도 백여 명에 가까운 사람이 보는 앞에서?

자신의 추태가 부끄러웠는지 레인의 얼굴이 붉게 물들었다.

"그만하시죠."

갑작스러운 살기에 움찔한 트라시온 황자는 천천히 레인을 돌아봤다.

정말 화가 난 모양이었다.

"아, 알았어. 그만하지. 크흠."

트라시온 황자는 뒤늦게 체통을 찾는 것처럼 옷매무새를

단정히 하고 준비된 의자에 앉았다.

"그런데… 어떻게 된 거야?"

"그건 오히려 제가 묻고 싶은 말입니다."

레인의 반문에 트라시온 황자는 고개를 갸웃거렸다.

"갑자기 나타난 네가 알지 내가 어떻게 알아."

이번엔 레인이 혼란스러워했다.

레인은 체로키와 동굴 안에 들어갔을 때의 일부터 지금까지 자초지종을 설명했다.

한참을 듣던 트라시온 황자는 피식 웃음을 터뜨렸다.

"그런 일이 있었군. 정말 다행이야."

레인은 대수롭지 않게 말하는 트라시온 황자를 확 때리고 싶었다.

"그나저나 아카데미에서 여기까지 연결된 마법진이 있었다니, 난 전혀 몰랐어."

"그러신가요?"

레인이 재차 확인하기 위해 묻자 트라시온 황자는 진지한 표정을 지었다.

"이 공간을 설계하고 만든 사람은 바로 칸젤 아저씨야. 독특한 취미를 생각하면 그런 장치를 해놨다고 해도 이상한 게 아니지."

"그렇긴 하죠."

레인은 어느 정도 수긍할 수밖에 없었다.

뭔가 이유가 있다고 생각하는 게 칸젤의 복잡한 정신세계를 이해하는 것보다 편했으니까.

아니, 어쩌면 그게 당연한 건지도 몰랐다.

어떤 강대한 적이라 하더라도 자신이 겪었던 복잡한 마법 통로 십 연타라면 제정신을 차리는 게 불가능했다.

거기다 멀쩡히 왔다고 해도 위기가 끝난 건 아니었다.

황제의 검이라는 로열 가드와 마탑을 능가하는 제국 최고의 마법사들이 진을 치고 있는 장소가 바로 여기였다.

한마디로 꼼짝없이 당할 수밖에 없는 것이다.

그 첫 실험체(?)가 자신이었다는 게 문제였지만.

"그나저나 다행이야. 안 그래도 실험도 대충 끝났고, 마침 일이 생겨 널 부르려던 참인데."

전혀 반갑지 않은 말에 레인은 한숨을 내쉬었다.

"뭐, 아카데미 쪽 일은 내가 처리하지. 자칭 제국 최고의 대마도사라는 베이딘이라면 유물을 회수하는 일은 어렵지 않을 거야."

트라시온 황자의 말에 옆에 있던 베이딘의 얼굴이 하얗게 변했다.

"저, 저는 여기 일이 있지 않습니까?"

"5클래스 수준이 넘는 마법사가 따로 있나?"

"그야 그렇긴 하지만……."

"유물만 가져올 수 있다면 다른 사람을 보내도 상관없어. 그건 알아서 하라고."

베이딘의 얼굴에 혈색이 돌아옴과 동시에 다른 마법사들의 얼굴이 하얗게 변했다.

"저는 좀 쉬면 안 될까요?"

레인은 혹시나 하는 기대로 물었다.

대답은 역시나였다.

"안 돼."

"대체 이게 뭐 하는 짓인지 모르겠군."

레인은 연신 투덜거리며 마차 밖을 쳐다본 뒤 한숨을 내쉬며 내부의 거울에 얼굴을 비추었다.

날카로운 눈매, 부담스러울 정도로 세운 코에 얇은 입술.

조금은 잘생겼지만 남자의 기준에서 재수없게 생긴 미끈한 얼굴이 거기에 있었다.

더군다나 머리에 이상한 기름을 발라 깔끔하게 뒤로 넘긴 모습이 더욱 어색했다.

트라시온 황자는 아주 간단히 협박을 했다.

"황궁으로 올라가 레이나와 차를 한잔하겠어, 아니면 이대로 파견될래?"

현상수배지의 범인 초상화로 자신을 찾는 건 무리였다. 하지만 레이나라면 단번에 알아볼 가능성이 컸다.

트라시온 황자가 오해를 풀어주겠다는 말을 덧붙이자 레인은 고개를 끄덕였고, 그 결과가 지금의 모습이었다.

"최대한 단정하게, 최소 후작 가문을 이을 오만한 귀족의 모습으로 방문하도록."

언제나처럼 트라시온 황자는 제대로 된 이유를 말해주지 않았다. 그저 당사자에게 편지를 전해주고 그 대가를 받아오라는 말이 전부였던 것이다.

"분명히 일은 간단한데……."

절대 그럴 리 없다는 걸 누구보다 자신이 더 잘 알았다.

레인은 다시 한숨을 내쉬며 거울을 쳐다봤다.

"정말 어색하군."

맞지 않은 옷을 입은 것 같았다. 하지만 일을 원활히 하기 위해 위장한 신분을 생각하면 참아야 했다.

마침 마차가 속도를 줄이기 시작했다.

아마도 목적지인 파리앙즈 성이 있는 도시에 도착한 모양이었다.

그렇게 말을 달리길 삼십 분. 마차가 멈춰 섰다.

레인은 마부가 문을 열자마자 바깥으로 나갔고, 바지에 묻은 먼지를 짜증내며 재수없는 놈처럼 털었다.

"여기가 파리앙 자작의 성인가?"

레인의 말에 마부가 고개를 숙였다.

곧 성문을 지키는 기사들이 달려왔고, 그중 가장 험악한 인상의 기사가 왼 주먹을 가슴에 대었다.

"소신은 파리앙 자작가의 기사단을 맡고 있는 데콘이라고 합니다. 폴던 후작가에서 오신 분이 맞으신지요."

레인은 대답 대신 고개를 까딱거렸고, 그 오만한 태도는 충직한 기사를 불필요하게 자극했다.

데콘은 곧 그게 당연한 것처럼 생각하며 레인을 성안으로 안내하기 시작했다.

잠시 후, 레인은 화려한 장식으로 도배된 응접실에 도착했다.

"잠시만 기다리십시오. 곧 주인님이 오실 겁니다."

말을 건 중년인은 대충 봐도 160㎝도 되지 않는 작은 키를 가졌고, 단정한 옷차림과 말투를 보니 내성을 관리하는 집사 같았다.

"뭐라고 불러야 하지?"

"마프라는 이름이 있기는 합니다만, 집사장이란 호칭이 더 익숙합니다."

"좋아, 마프. 필요한 걸 말하지. 우선 내 목을 축일 수 있는 시원한 물과 파리앙 자작을 데려와. 그리고 따뜻한 목욕물도 준비해 주도록."

약간 건방진 태도였지만 마프는 군말하지 않고 고개를 숙인 뒤 응접실을 벗어났다.

곧 시녀가 얼음물을 가져왔다.

레인은 빙긋 웃으며 시원하게 물잔을 비웠고, 마침 응접실의 문이 열렸다.

뚱뚱한 체구에 연신 땀을 흘리는 중년인, 아마도 그가 파리앙 자작 가문의 가주 같았다.

"저는 제시트 파리앙이라고 합니다."

"난 폴던 후작가에서 나왔다."

레인의 짧은 말에 제시트는 약간 당황스러워했다.

폴던 후작 가문은 그 세력이 무척 커 폴던의 이름을 잇는 직계와 그 한 단계 아래의 백작과 자작의 이름을 받게 되는 가신의 숫자도 상당했다.

하지만 그들 중 일부는 공식적인 일을 처리할 때 폴던 후작가의 이름을 썼다.

제시트 파리앙은 레인의 기분을 살피며 조심스럽게 물었다.

"혹시 후작가에서 어떤 위치에 있으신지를……."

"마이트 데 폴던. 현 가주님이 나의 백부가 되지. 그리고 자네, 제시트 파리앙이라고 했나? 왜 미들 네임이 없는 거지?"

레인은 제시트가 다른 생각을 하지 못하게 서둘러 질문을 했고, 효과가 있었다.

"저, 저는 파리앙 자작 부인과 혼인을 한 관계로 아직 정식으로 인정받지 못했습니다."

레인은 약간 혼란스러웠지만 알겠다는 듯 고개를 끄덕였다.

정식으로 가문을 잇는 귀족에겐 미들 네임이 붙는다. 또 백작 이상의 상위 귀족과 그 귀족의 직계에 해당할 경우에도 사용할 수 있다.

그 외에도 여러 가지 경우가 있는데 결론은 간단했다.

가문에서 인정하는 자이거나, 혹은 황제가 따로 허가를 했을 때만 사용이 가능한 것이다.

제시트가 파리앙 자작 부인과 결혼을 했다면 파리앙이란 성을 쓸 수 있었다. 하지만 파리앙 자작가의 핏줄이 아니기에 아마도 미들 네임이 없는 것 같았다.

레인은 살짝 인상을 찌푸리며 트라시온 황자에게서 받은 편지를 꺼내었다.

그러다 뭔가를 떠올린 듯 편지를 다시 집어넣었다.

"미첼 론 파리앙을 불러주게."

"예?"

"자네는 나쁜 습관이 있는 모양이군. 두 번 말하는 걸 좋아하는 사람은 없어."

제시트는 당황해하며 어쩔 줄 몰라 했다. 이런 상황을 전혀 예상하지 못한 것 같았다.

레인은 그런 제시트를 차가운 눈빛으로 쳐다봤다.

"제, 제가 현재 파리앙 가문을 맡고 있습니다. 전할 말이 있으시면……."

"자네가 미첼 론 파리앙인가?"

제시트는 그대로 입을 다물었다.

"이젠 대답조차 하지 않는군. 고작 파리앙 자작 가문 따위가 폴던 후작가에 이럴 수 있다니. 하하."

제시트의 얼굴이 하얗게 변한 걸 보면 레인의 어설픈 연기는 다행히도 먹힌 모양이었다.

"아닙니다, 그게 절대 아닙니다."

"그럼, 미첼 론 파리앙이 내 앞에 오지 못할 이유라도 있다는 말인가?"

"저, 그게… 사실 미첼은 전염병에 걸렸습니다."

레인의 한쪽 눈썹이 살짝 올라갔다.

"전염병?"

"예. 마주 보고 대화를 하는 것도 위험해서 따로 준비된 장소에서 요양을 하고 있습니다."

"그런 이야기는 듣지 못했는데?"

"그게, 아무래도 쉽게 이야기할 수 있는 성질의 것이 아니라서……."

레인이 이해한다는 듯 고개를 끄덕이자 제시트는 약간은 안심한 얼굴이었다.

"하긴 전염병 환자가 있다는 소문이 퍼지면 아무래도 곤란하겠지. 하지만… 난 그녀를 만나야겠네."

제시트의 이마에 식은땀이 줄줄이 맺히기 시작했다.

그때 마침 안으로 들어온 마프 집사장이 다가왔다.

"대화 중에 죄송합니다. 목욕물이 마련되었습니다. 그리고 저녁은 어떻게 준비하는 게 좋겠습니까?"

레인은 와락 인상을 찌푸리며 마프를 쳐다본 뒤 고개를 돌려 제시트를 노려봤다.

"대체 집사 교육을 어떻게 시켰나! 고작 그런 이유로 대화에 끼어드느냔 말이야."

"죄송합니다."

제시트는 당황해했지만 마프는 태연했다.

"저는 집사장입니다. 그저 제 일에 충실할 뿐입니다."

"허, 이것 봐라."

레인은 벌떡 일어나 마프의 멱살을 거머쥐었다. 제시트에게 위협을 주려는 계산도 깔려 있는 행동이었다.

그럼에도 마프의 태도는 변하지 않았다.

"파리앙 자작 가문이 유지되기 위해서는 건강이 중요하고 무엇보다 규칙적인 식사가 필요합니다. 전 집사장이고 지금은 저녁 준비를 해야 할 시간이란 말이죠."

레인은 그런 마프를 노려보다 창밖으로 시선을 돌렸다.

어느새 해가 기울었는지 서서히 어둠이 밀려오고 있었다.

피식 웃음을 터뜨린 레인은 두 손으로 마프의 어깨를 털고 구겨진 옷을 바로 해주었다.

"좋아, 저녁을 먹지. 최대한 풍성하게 준비하도록. 내 기분이 풀릴 수 있도록."

"알겠습니다. 그렇게 지시하도록 하겠습니다."

"그리고."

레인은 휙 고개를 돌려 제시트를 쳐다봤다.

"내일 미첼 론 파리앙을 볼 수 있도록 준비해라."

"예, 알겠습니다."

제시트는 겨우 대답하고는 속으로 안도의 한숨을 내쉬었다.

"그럼 난 목욕을 하겠다. 안내하도록."

"예."

마프의 안내를 받아 레인이 나가자 곧 의문이 들었다.

자신이 아는 마프는 나서는 사람이 아니었다. 물론 돌아가는 사정을 알기에 자신을 위해 그런 행동을 했을 가능성도 있었다.

"어쨌든 다행이군."

제시트는 갑작스러운 일을 보고하기 위해 서둘러 움직였
다.

"왜 그랬던 거지?"

레인은 앞장서고 있는 마프에게 자그마한 목소리로 물었
다.

마프는 잠시 흠칫하더니 아무 일 없었다는 듯 걸음을 계속
옮겼다.

"나에게 할 말이 있는 게 아니었나?"

확실히 반응이 있었는지 마프가 뒤를 돌아봤다.

"저는 파리앙 자작 가문의 집사장입니다. 아름다운 꽃에는
가시가 있는 법입니다. 조심하십시오."

"뭐?"

"그리고 가시에는 독이 있을지도 모릅니다. 어쨌든 그 이
상은 말씀드릴 수 없습니다. 저는 파리앙 자작 가문의 집사장
이니까요."

레인은 더 물으려다가 입을 다물었다. 복도 곳곳에 자리를
잡고 있는 기사들의 시선이 느껴졌고, 왠지 알 수 없는 위화
감이 들었다.

그것만으로 확실히 뭔가가 있음을 짐작하기는 어렵지 않았다.

곧 방에 도착을 했고, 마프가 고개를 숙였다.

"식사 준비가 끝나면 사람을 보내겠습니다. 그동안 편히 쉬시길 바랍니다."

그렇게 마프가 돌아가자 레인은 살짝 인상을 찌푸렸다.

"그럼 그렇지, 쉬운 일을 시킬 리가 없잖아."

레인은 트라시온 황자의 얼굴을 떠올리며 마음속으로 자신이 할 수 있는 모든 욕과 저주를 퍼부었다.

＊　　　＊　　　＊

"설마 냄새를 맡은 건가? 아냐. 그럴 리 없어."

제시트는 안정이 되지 않는지 초조한 표정으로 방 안을 서성거렸다.

창밖으로 들어오는 달빛이 그의 뚱뚱한 그림자를 늘였다 줄였다 하기 수십 번, 갑자기 짙은 어둠이 밀려들어 왔다.

"헉."

깜짝 놀란 제시트가 주위를 두리번거렸다.

어둠 속에서 두 개의 붉은 눈동자가 나타났다.

곧 그림자가 하나의 덩어리가 되더니 서서히 여자의 형태로 바뀌었다.

늘씬한 몸매에 약간은 날카로운 눈매, 거기다 왼팔에 그려진 독특한 문양은 바로 카오스 스톰의 상징이었다.

여자는 살짝 고개를 들고 제시트를 내려다봤다.

제시트는 그 비대한 몸이 신기할 정도로 서둘러 무릎을 꿇었다.

"메라님을 뵈옵니다."

메라라고 불린 여자는 제시트를 못마땅하다는 눈빛으로 쳐다봤다.

"준비는 잘되고 있느냐?"

"이미 마쳤습니다. 내일, 아니, 모레면 물건을 보낼 수 있을 겁니다."

"모레라……. 나쁘진 않군."

메라의 입매가 살짝 올라가자 제시트는 속으로 안도의 한숨을 내쉬었다.

"문제없는 녀석들이냐?"

"예. 용병으로 가장하고 있지만 대부분 연고가 없는 녀석들입니다. 단지 조금 거칠다는 건데, 마음에 들지 않으시면 내일이라도 바꾸겠습니다."

"괜찮다. 내가 알아서 하겠다."

메라가 말을 끝내고 한 걸음 뒤로 물러섰다.

벽에서 튀어나온 어둠이 그녀의 몸을 휘감았다.

"자, 잠시만… 제 이야기를 들어주십시오."

제시트의 다급한 말에 다시 어둠이 흐트러지고 말았다.

"무슨 일이냐?"

"폴던 후작가에서 사람을 보내왔습니다."

제시트는 갑자기 마이트 데 폴던의 방문에 대해 이야기하기 시작했다.

"흐음, 마이트 데 폴던이라……. 폴던 후작가에 그런 자가 있다는 걸 확인해 봤느냐?"

"그건 아직……."

잠시 생각하던 메라는 천천히 고개를 저었다.

"내 기억으로 폴던 후작가에 그런 자는 없다."

"그게 정말입니까?"

메라는 대답 대신 눈살을 찌푸렸다.

제시트는 윗사람을 의심하는 실수를 저질렀다는 걸 깨닫고 다급히 고개를 숙였다.

"하지만 확실하다고는 할 수 없겠군."

"그래서 저도 고민입니다. 혹시 이번 물건에 대해 눈치를 챈 건 아닌지 모르겠습니다."

메라가 눈을 부릅뜨자 몸에서 피어나온 어둠이 제시트를 휘감았다.

"너 따위가 감히 의심하려 들다니, 겁이 없구나."

"죄, 죄송합니다."

제시트의 이마에 식은땀이 맺혔다.

과거 '메라의 그림자'가 어떤 위력을 가지고 있는지 떠올랐다.

그림자는 죄수를 휘감았고, 순식간에 뼈만 남겼다.

지금 주변의 어둠을 생각하면 당장 자신이 그렇게 되도 이상하지 않을 정도였다.

"우리 쪽에서 정보가 새어나갔을 거라 생각하지 마라. 난 너에게 의심을 허락하지 않았다."

"죽을죄를 지었습니다."

제시트가 바닥에 엎드린 채 벌벌 떨자 메라는 빙긋 미소를 지었다.

"마이트 데 폴던을 그곳에 가두어라."

"예? 설마 거기에?"

"물건이 출발하기 전까지 눈치채서는 곤란하니까. 만약 이번 일과 관계가 없다 하더라도 그 시간이면 그에 대해 조사하기는 충분하다."

제시트의 머리가 맹렬히 돌아갔다.

메라는 거짓말을 좋아하지 않는다. 그녀의 말대로 폴던 후작가의 인물이 아니라면 쥐도 새도 모르게 처리하면 그만인 것이다.

만약 폴던 후작가의 인물이라면?

제시트의 생각을 읽기나 한 듯 메라가 말했다.

"문제가 된다면, 내 손으로 폴던 후작가를 정리해 주지."

그 말을 끝으로 메라의 육체는 어둠 속에 스며들었다.

홀로 남은 제시트는 이제 그 마이트란 자를 어떻게 유인할지 고민해야 했다.

Emperor Sword

CHAPTER 07
미첼 론 파리앙

Emperor
Sword

　레인은 따뜻한 목욕물에 목욕을 한 후 든든한 저녁 식사를 마치고 일찍 침대로 들어갔다. 아무래도 내일 제법 힘을 쓸 것 같은 예상이 틀리길 바라면서 말이다.

　하지만 잠이 들기도 전, 문이 열리며 불청객이 들어왔다.

　레인은 인상을 찌푸리며 고개를 돌렸다.

　아직 앳되어 보이는 여자 하나가 두려운 눈빛으로 방 안을 두리번거리고 있었다.

　"뭐야?"

　갑작스러운 레인의 목소리에 여자는 그대로 굳어버렸다.

"자작님께서 보내서 왔습니다."

몸매가 고스란히 드러나는 얇은 잠옷 차림에 어설프게 꾸민 화장을 보니 대충 짐작이 갔다.

"필요없으니 돌아가도록."

레인의 명령이 있었지만 여자는 꼼짝도 하지 않았다.

"왜 그러고 있는 거지? 돌아가."

"이대로 가면 저는……."

여자는 차마 말을 잇지 못하고 주저했다.

신분이 높은 귀족을 만족시키기 위해 밤에 여자를 들여보내는 건 드문 일이 아니었다. 그냥 돌려보내면 마음에 안 든다는 뜻이 되고, 그 제시트라는 돼지가 화를 낼 것이다.

아마 여자는 그 이후에 있을 피해를 두려워하는 게 틀림없었다.

잠시 고민하던 레인은 머리를 긁적거렸다.

"일단 이리 와."

레인의 부드러운 목소리에 불안감이 가신 모양이었다.

여자는 조심스럽게 다가왔고, 침대 앞에서 멈췄다.

레인이 말리기도 전, 여자의 몸을 가린 얇은 잠옷이 아래로 흘러내렸다.

동시에 레인의 손이 움직였다.

여자는 휘청거리며 그대로 주저앉았다.

레인은 벌거벗은 채 침대 밑에 쓰러진 여자를 보며 약간 난 감하다는 표정을 지었다.

혈기왕성한 나이이니 오는 여자 마다하는 건 오히려 이상 했다. 그렇다고 무슨 함정이 있을지도 모르는 상황에서 태연 히 여자를 안는 것도 위험한 일이었다.

마프 집사장이 말하지 않았던가, 아름다운 꽃에는 독이 있 다고.

가장 중요한 건 레인이 여자를 부른 이유였다.

그녀라면 적어도 자신보다 이 파리앙 자작가에 대해서 아 는 게 많다는 생각 때문이었다.

하지만 그것도 물거품이 되어버렸다.

여자는 유혹이라는 임무를 받았고, 너무 투철한 나머지 서 두르고 말았다. 레인이 다급히 혈을 짚은 건 그 때문에 당황 해서였다.

레인은 일단 여자를 침대에 눕혀야겠다고 생각했다.

그러다 자신도 모르게 침이 꼴깍 넘어갔다.

그때였다.

레인은 갑자기 온몸의 신경이 곤두서는 느낌을 받았다.

휙 하고 몸을 돌렸지만 고요와 적막, 그리고 어둠을 제외하 곤 아무것도 없었다.

"착각… 이었나?"

레인은 머리를 긁적거린 뒤 여자를 침대에 눕혔다.

잠시 궁리하던 레인은 그제야 자신에게 필요한 걸 깨달을 수 있었다.

"파리앙즈 네 번째 뒷골목이라고 했던가?"

이미 깨버린 잠을 다시 부르는 건 병사가 기사를 두들겨 패는 것처럼 어려운 일이었다. 거기다 침대는 이미 불청객이 차지한 터라 적절한 양보심을 발휘하는 것 정도는 어렵지 않은 일이었다.

레인은 미리 준비한 복장으로 갈아입은 뒤 창가로 향했다.

곧 어둠 속으로 그의 모습이 사라졌다.

"대체 뭐가 그렇게 복잡해?"

레인은 와락 인상을 찌푸렸고, 맞은편에 있는 난쟁이는 더욱 목을 몸속에 집어넣어야 했다.

갑작스럽게 가게에 난입한 귀족 애송이는 단번에 자신의 아이들을 괴상한 방식으로 구겨 버렸다. 더 황당한 사실은 어디 하나 부러진 녀석이 없다는 거였다.

그리고 내민 건 '포 리버' 길드 간부들이 가지고 있다는 신분패였다.

진작 그랬다면 서로 간에 얼굴 붉히는 일이 없었겠지만 난쟁이 스토브는 그 말을 꺼낼 수 없었다. 아쉽게도 아이들에게 그걸 알아볼 눈이 없었던 것이 이유라면 이유였다.

스토브는 애써 변명하듯 말했다.

"그게 사실이란 건 변함없습니다."

"좋아, 믿지. 그런데 미첼 파리앙에 대한 정보는 왜 없는 거지?"

"그녀가 성 밖을 나서는 경우가 없기 때문입니다."

"성안에 정보원은 없나?"

"아쉽게도 파리앙즈는 좁은 도시입니다. 쓸 만한 정보가 없으면 지원금이 적게 나오는 게 현실이죠."

한마디로 정보원을 부릴 자금이 모자란다는 소리였다.

레인은 머리를 긁적거리더니 살펴보던 서류를 내려놓았다.

"난 복잡한 가정사 따위는 취미가 없어. 그런데 그게 전부라니. 이거 정보 길드에서 취급하는 수준이 왜 이래?"

"현실이 그런 걸 어떻게 하겠습니까?"

레인은 꼬박꼬박 대꾸하는 스토브에게 진심 어린 살기를 담아 쏘아봤다.

하지만 그런다고 없는 정보가 튀어나오는 건 아니었다.

"하아."

레인은 한숨과 함께 푹신한 소파에 몸을 묻었다.

미첼 론 파리앙은 공식적으로 제시트 자작의 딸이었다.

물론 피 한 방울도 섞이지 않은 사이였고, 그게 더 의심스러웠다.

미첼 파리앙의 조부는 삼십 년 전, 테일론 왕국이 제국이 되는 치열한 과정에서 목숨을 잃고 말았다.

다행히 충성스러운 죽음을 맞이해 자작으로 승급했고, 그걸 계승한 건 미첼의 친부였다.

미첼의 친부는 부친이 일찍 사망한 관계로 제대로 된 교육을 받지 못했고, 상단의 속임수에 넘어가는 바람에 계약을 잘못해 영지를 파탄내고 말았다.

"흔하진 않지만 드문 일도 아니지."

제대로 된 교육의 부재가 어떤 멍청이를 만드는지 이미 아카데미에서 겪은 레인이었다.

어쨌든 파리앙 자작령을 되살리기 위해 밤낮으로 고생한 결과 미첼의 친부는 과로사하고 말았다.

미망인이 된 미첼의 모친은 오랜 고민 끝에 재혼을 결심했고, 그 상대가 바로 제시트였다.

제시트는 두 개나 되는 상단을 운용하고 있었고, 나름 인망을 갖춘 지주였다. 무엇보다 아내가 병으로 죽고 아들과 딸이 한 명씩 있는, 그래서 미첼에게 가족을 줄 수 있는 인물이었다.

"그리고 미망인이 병으로 죽고, 제시트가 자작을 계승했다는 말이군.”

더군다나 그 딸마저 전염병에 결렸다고 하지 않았는가?

싸구려 삼류 소설에도 흔히 나오는 상황이니 의심하지 않는 게 오히려 이상하다고 할 수 있었다.

실제 제시트가 어떤 인물인지 짧은 만남으로 파악하기는 힘들었다. 하지만 자신보다 신분이 높은 이에게는 일단 고개를 숙이는 건 확실했다.

‘그래서 폴던 후작가의 이름을 쓰라고 한 건가?

트라시온 황자라면 고작 그런 이유로 사칭을 명령하진 않았을 것 같았다.

레인은 천천히 자리에서 일어났다.

일단 자신이 미첼을 만나고 싶다고 했으니 곧 무슨 일을 벌일 게 분명했다.

그게 좋은 쪽이든 나쁜 쪽이든.

레인은 소파에서 일어나 스토브에게 다가갔다.

“혹시 모르니 파리앙 자작 가문에 대해 다시 조사해 봐.”

“예, 알겠습니다.”

스토브가 건성으로 대답하는 게 느껴지자 레인은 버럭 고함을 질렀다.

“지금 당장!’

스토브가 힘없이 밖으로 나갔다.

순간 레인은 자신이 트라시온 황자를 닮아가고 있는 게 아닌가 심각하게 고민해야 했다.

＊　　　＊　　　＊

햇살이 환하게 비추고 있는 오전이었다.

이 시간까지 레인이 밖으로 나오지 않자 제시트는 약간 초조해했다.

여자를 보낸 건 자신이었고, 레인이 충분히 즐겼다면 지금까지 자고 있다고 해도 예의에 어긋나는 게 아니었다.

그런고로 제시트는 레인의 방문을 함부로 열 수 없었다.

기다림은 끝이 있다고 했던가?

한 시간이 지나자 방문이 열렸고, 레인은 가벼운 속옷만 걸친 채 나타나 주위를 둘러봤다.

제시트의 양옆에 두 명의 호위기사가 있었고, 그 뒤로 네 명의 시녀가 공손하게 서 있었다.

레인은 약간은 귀찮은, 짜증나는 표정으로 제시트에게 물었다.

"무슨 일이야?"

"아, 그게… 준비가 되었다는 사실을 알리러 왔습니다."

"준비? 무슨 준비? 아! 그거!"

레인은 이제야 겨우 정신을 차린 듯 고개를 끄덕였다.

"일단 방으로 식사부터 가져다줘. 그리고 한 시간 뒤에 이 방을 나서겠다."

일방적인 명령을 내린 레인은 다시 방문을 닫았다.

제시트는 당황해했지만 감히 따지고 들지 않았다.

잠시 후, 식사가 방으로 들어갔고, 정확히 한 시간 뒤에 복장을 갖춘 레인이 나왔다.

아침과는 전혀 다른 모습에 제시트는 또다시 당황해했지만 내색하진 않았다.

"안내해."

"예."

제시트가 앞장서서 걷자, 레인은 곁눈질로 그를 살폈다.

'충분히 화가 날 만도 한데 의외로 잘 참는걸.'

자신의 무례한 행동은 질책을 받아도 이상하지 않았다. 신분의 차이가 있다고 하더라도 귀족 간의 예절에 대해선 주의를 줄 수 있는 것이다.

'속에 능구렁이가 든 모사꾼 타입도 아니고, 그렇다고 주눅이 든 것치고는 왠지 당당한 것 같은데.'

레인의 판단은 정확했다.

제시트는 약간은 불평하고 있었다. 하지만 레인에게 따지기보다 어떻게든 그를 탑으로 유인해야 한다는 생각에 지금의 상황에 대해 심도 깊게 고민하지 못했다.

"지금 어디로 가는 건가?"

갑작스러운 질문에 제시트는 깜짝 놀랐다.

"그게, 미첼은 전염병에 걸려 있습니다."

"그 이야기는 어제 들었던 걸로 기억하는데?"

레인의 하대가 자연스러웠기에 제시트는 상관을 모시는 것처럼 공손히 대답했다.

"성 뒤편에 휴양하기 좋은 탑이 하나 있습니다. 그 위에 제 딸을 위한 거처를 마련했습니다."

"설마 감옥은 아니겠지?"

순간 제시트는 심장이 덜렁 내려앉는 느낌을 받았다.

억지로 웃고 있는 표정 그대로 얼굴이 굳어버렸다고 해야 할까?

다행인 건 레인이 눈치채지 못하는 것 같았다.

제시트는 손수건을 꺼내 이마의 땀을 닦으면서 말했다.

"무슨 소문을 들으셨는지 모르겠습니다만, 그건 전적으로 오해라고 말씀드리고 싶습니다. 아마 직접 보면 이해하실 겁니다."

다급한 마음에 말이 빨리 나왔지만 레인은 개의치 않는 표정이었다.

"그래? 다행이군."

제시트는 다시 앞장섰고, 곧 그들은 성 밖에 있는 아름다운 화단을 볼 수 있었다. 그리고 그 중앙에 나지막하게 지어진 하얀 탑도 말이다.

만약 탑에서 저 화단을 본다면 정말 정신 건강에 상당히 도움이 될 것 같았다.

거기다 관리가 잘된 듯 탑은 깔끔했으며, 문도 열려 있었고, 어떤 자물쇠가 달린 흔적도 없었다.

'정말 여기서 치료 중인 건가?

레인은 약간 의아함을 느꼈지만 제시트의 안내를 거절할 핑계가 없었다.

나선형 계단을 통해 천천히 올라가다 마지막 층 앞에서 갑자기 제시트가 멈춰 섰다.

"무슨 일인가?"

"묻고 싶은 게 있습니다. 정말 폴던 후작가에서 오신 분이 맞습니까?"

제시트의 목소리에서 전해지는 떨림을 느낀 레인은 와락 인상을 찌푸렸다.

"믿지 못하겠다는 말이군."

"단지 확인하기 위해서입니다."

레인은 피식 웃더니 뒤를 돌아봤다.

계단 위에는 제시트와 호위기사가 있었지만 아래쪽에는

아무도 없었다. 물론 탑 밖에는 기사들이 있겠지만 빠져나가는 건 어렵지 않아 보였다.

"마이트 데 폴던이 내 이름인지 아닌지가 중요한 게 아니야. 난 어떻게든 미첼 론 파리앙을 만나야 하거든."

"그렇군요. 다행입니다."

제시트의 말이 끝나자 기사들이 검을 빼 들었다.

레인은 약간 어처구니없다는 표정을 지으며 말했다.

"고작 저들로 날 어떻게 해볼 생각을 한 거냐?"

"충분합니다."

제시트의 손이 탑이 중심, 즉 벽 속으로 쑤욱 들어갔고, 레인은 발아래 있던 계단에서 미미한 진동을 느꼈다.

"이런."

레인이 다급히 앞으로 몸을 날렸다.

기사들은 이렇게 될 걸 예상한 듯 빼 든 검을 휘둘렀다.

레인은 어쩔 수 없이 검을 피했고, 그사이 계단은 아래쪽으로 내려가는 부분까지 완전히 사라져 버렸다.

"제길."

발을 디딜 곳이 없는 이상 레인의 선택권은 제한되고 말았다. 그건 바로 몇 번이나 겪어도 익숙하지 않은 추락이라는 결론이었다.

그렇게 레인이 사라지자 제시트는 손을 빼내었다.

계단은 처음의 모습으로 되돌아왔다. 원래부터 그랬다는 듯이 말이다.

"아욱!"

레인은 와락 인상을 찌푸리며 허리를 만졌다.

추락할 때 착지를 잘못했는지 통증이 느껴졌는데 숨 쉬기가 힘들 정도였다.

"남자의 생명은 허리라던데."

레인은 몇 번이고 몸을 움직여 근육과 관절의 상태를 확인했다. 당장 움직이는 건 무리였지만 다행히 어디 부러진 건 아니었다.

"그나저나 여긴 어디야?"

레인은 주위를 두리번거리다 자신이 추락했음을 떠올렸다.

고개를 위로 들자 다행히도 탑의 지붕이 보였다.

"대충 알겠군. 여긴 탑의 지하야."

천장까지 거리는 5미터 정도. 힘껏 몸을 날리면 닿지 못할 정도는 아니었다. 거기다 세 사람이 손을 맞잡고 벌린 크기의 굴을 타고 올라가는 것 역시 어렵지 않았다.

레인은 혹시나 싶어 주위를 둘러봤다.

공간은 제법 넓었다.

답답한 걸 싫어하는 기사 스무 명 정도가 충분히 운동을 할 수 있는 크기라고 할까?

그 한쪽 구석에 뭔가가 있었다.

산발한 붉은 머리카락에 몸을 잔뜩 웅크린 채 두 팔로 무릎을 감싼 자세로 그 뭔가는 레인을 노려보고 있었다.

"저보다 먼저 이 방을 예약한 사람이 있었군요."

레인의 태연한 말에 그 상대의 얼굴이 이상하게 변했다. 황당함과 어이없음, 그리고 체념이란 감정이 드러난 것이다.

그 상대는 다시금 레인을 관찰했다.

"그러니까, 저는 흐음, 일단은 마이트라고 합니다."

레인의 말에 반응한 듯 상대의 입이 열렸다. 하지만 오랫동안 대화를 나누지 못한 듯 목이 메어 있어 목소리는 전혀 전해지지 않았다.

그녀 역시 그걸 인식한 듯 억지로 소리를 쥐어짰다.

"미첼, 내 이름은 미첼 론 파리앙."

"정말 다행이군요. 이런 곳에서 뵙지 않았다면 더 다행일지도 모르지만, 일단 임무는 완수할 수 있을 것 같네요."

너무도 뜬금없는 말에 미첼의 눈동자가 커졌다.

"자, 여기 있습니다."

레인이 꺼낸 건 트라시온 황자에게 받은 편지였다.

미첼은 봉투에 찍힌 직인을 보고 벌떡 일어나더니 레인의 손에서 빼앗듯이 낚아챘다.

순식간에 겉봉이 찢겨지고, 미첼의 눈동자가 사정없이 편지를 해부했다.

곧 미첼의 얼굴이 밝아졌다.

편지를 서너 번 반복해서 읽은 미첼이 갑자기 물었다.

"군대는 어디 있나요?"

너무도 뜬금없는 질문이 레인을 혼란스럽게 만들었다.

"예? 군대라뇨?"

"여기 편지에 적혀 있는데……."

"아쉽게도 저는 그 내용을 모른답니다."

레인의 대답에 미첼은 그대로 굳어버렸다.

"장난치는 거 아니죠?"

"오늘 처음 보는 상대를 대상으로 그러기에는 제가 너무 예의가 바르답니다."

결코 그렇지 않았지만 미첼이 알 수 있을 리가 없었다.

"그럼 당신 혼자 온 건가요?"

"예. 저는 단지 편지를 전해주러 온 게 전부입니다."

"말도 안 돼!"

미첼은 버럭 고함을 지르더니 절박한 표정을 지으며 다시 편지를 읽었다.

"봐요. 여기에 분명히 상황을 정리할 수 있는 사람을 보낸다고… 설마……?”

미첼은 편지의 내용과 레인을 번갈아가며 쳐다봤다.

“당신이 그 상대인가요?”

“아마도 그런 것 같습니다만.”

레인의 곤란한 표정에 미첼의 얼굴이 절망적으로 변했다.

“하아, 이제 끝났군요.”

“글쎄요. 당신과 저 둘뿐이라면 충분히 여길 빠져나갈 수 있을 것 같은데.”

레인이 고개를 들어 천장의 구멍을 쳐다봤다.

“아뇨. 불가능해요. 당신이 마법사이거나 뛰어난 기사라면 더더욱.”

왠지 전혀 맞지 않는 비유에 레인은 고개를 갸웃거렸다.

“마나를 움직여 보세요.”

미첼의 지적이 의심스러웠지만 레인은 망설이지 않았다.

그리고 곧 얼굴을 잔뜩 구겨야 했다.

내공이 꼼짝도 하지 않았다.

마치 뭔가가 두려워 밖을 나오기 싫어하는 아이처럼 단전에서 미동도 않고 있는 것이다.

레인은 천천히 손가락을 들었다.

“라이트.”

외부의 마나와 공명해 발현되는 마법조차 실패였다.

"어라, 이상하네?"

레인은 몇 번이고 같은 행위를 반복했지만 내공도, 마법도 애초부터 존재하지 않는 것 같았다.

해답을 알려준 건 바로 미첼이었다.

"여긴 마법진이 펼쳐져 있어요."

레인은 한숨을 내쉬었다.

그 빌어먹을 마법진 때문인지 몰라도 도무지 빠져나갈 방법이 보이질 않았다.

분명 마프 집사장은 아름다운 꽃에 가시가 있다고 했다, 그것도 독이 묻어 있는.

마프는 화단 가운데 있는 탑을 조심하라고 했던 것이고, 미처 주의 깊게 생각하지 못한 건 자신의 실수였다.

"그나저나 당신은 왜 여기 갇혀 있는 겁니까?"

결론은 이미 나와 있었지만 레인은 혹시나 해서 물었다.

미첼의 대답은 레인의 예상과 너무나 달랐다.

"제가 증거를 찾으려 했으니까요."

"증거… 라뇨?"

미첼은 대답하기 싫다는 표정으로 고개를 저었다.

"그렇다면 묻지 않기로 하죠. 그나저나 여길 나가는 게 급한데."

레인은 미첼을 무시하고 우선 마법진에 대해 살폈다.

넓은 벽에 띠처럼 둘러진 것인데, 그리 특별한 점은 보이지 않았다.

레인이 고민하자 미첼이 물었다.

"마법진을 풀 수 있나요?"

"글쎄요. 쉽지는 않겠는데요. 어떤 부분에선 복잡하고, 어떤 부분에선 단순한데, 제가 이해할 수준은 아니군요."

"방법이 없다는 표현이네요."

레인은 그 말을 인정할 수밖에 없었다.

이 마법진은 최소 4클래스, 혹은 5클래스 이상의 마법사가 설치한 게 틀림없었다. 또한 탑의 그 괴상한 장치를 생각하면 고작 사람 하나를 가두기 위해 만들어진 것치고는 과하다고 할 수 있었다.

"대체 무슨 작용을 하기에 마나가 움직이지 않는 겁니까?"

레인은 스스로 자신의 질문이 어리석다고 생각했다.

미첼은 그저 평범한 여자가 아니었던가.

"아마, 독일 거예요."

"독이요?"

"예. 저거 보이죠?"

미첼이 가리킨 곳에는 배를 뒤집은 채 떨고 있는 두더지가 있었다.

"이런 상황에선 충분한 식량이 되기는 하지만, 저게 독 때문이라고요?"

"맞아요. 여기 끌려오기 전에는 이런 게 없었어요."

미첼은 소매를 어깨까지 걷었는데, 겨드랑이 부분에 하얀 피부와 대조되는 검은 반점이 몇 개 보였다.

레인은 일단 예의를 갖추고 다가가 미첼의 피부를 살폈다.

"확실히 독이군요. 치명적이진 않지만 오래 흡입할수록 몸의 체력을 뺏고, 나중에는 정신마저 오락가락하게 만들기에 충분합니다. 물론 시간이 문제지만."

미첼은 짧게 한숨을 내쉰 뒤 뭔가를 결심한 듯 고개를 끄덕였다.

"역시 맞군요."

레인은 미첼의 입술이 달싹거리는 걸 확인하고 잠시 침묵을 지켰다.

예상대로 그녀는 고백하듯 입을 뗴었다.

"편지의 내용을 읽어봤나요?"

"제 임무는 전달하는 거죠."

"그럼 읽어보세요. 아니, 제가 설명하는 게 빠르겠군요."

미첼은 아주 간결하게 요점만 이야기했다.

어느 날 갑자기 어머니가 병에 걸렸다고 했다, 자신을 잘못 알아보고, 기억을 혼동했으며, 가끔 말도 더듬었다고.

제시트는 고민 끝에 어머니가 쉴 곳을 마련한다며 화단을 만들고 탑을 지었단다. 그리고 석 달도 되지 않아 탑에서 뛰어내려 자살을 했다.

미첼은 탑이 의심스러워 조사를 하다 오히려 제시트의 함정에 걸려 여기로 떨어졌다는 것이다.

"어머니는 자살 같은 걸 할 사람이 아니에요. 그래서 전 제시트를 의심했죠."

"자작을 그냥 부르는군요."

레인이 지적하자 미첼의 눈에 차가운 빛이 감돌았다.

어머니의 죽음 말고도 확실히 둘 사이에 무슨 일이 있기는 했나 보다.

레인이 그렇게 생각할 때 미첼이 다시 입을 열었다.

"제시트는 자작이 아니에요. 제가 미첼 론 파리앙 자작입니다."

"제가 알기로 당신은 아직 성인식을 끝내지 않아 작위 계승 자격이 없습니다만?"

스토브에게서 얻은 정보에는 확실히 그랬다.

그녀의 생일은 늦은 겨울, 아직 한 달하고 열흘 정도가 남아 있었다.

"그걸 속인 거죠. 전 이미 올해 초에 성인이 되었답니다. 하지만 일부러 성인식을 하지 않고 기다린 거죠. 황궁에서 연락이 올 때까지요."

"그럼 그 편지가?"

"맞아요. 여기에는 저를 파리앙 자작 가문의 정식 계승자로 인정한다는 황실의 직인이 찍혀 있어요."

미첼의 얼굴에 승리의 미소가 지어졌다. 하지만 그건 잠시 곧 우울한 표정으로 바뀌더니 감정이 격해진 듯 빠르게 소리쳤다.

"어머니가 재혼을 할 때 만약의 문제를 대비해 제시트에게 맹세를 받았어요. 어차피 파리앙 자작 가문의 핏줄은 저뿐이니 저에게 가문을 계승시키겠다고요."

"진정해요."

레인의 말에 미첼은 약간 놀랐다가 실수를 사과했다.

"죄송해요. 너무 오랜만에 사람하고 이야기하는 거라서 쉽게 감정 정리가 안 되네요."

"괜찮습니다. 어쨌든 제시트가 자작위를 노리고 있다는 말이군요."

"예."

미첼의 목소리는 힘이 없었다.

어쩌면 제시트는 결혼 이전부터 파리앙 자작 가문이 목표였는지도 몰랐다. 계획을 세워 미첼의 어머니에게 접근했을 가능성이 컸던 것이다.

레인은 그런 자신의 생각을 입 밖으로 꺼내지 않았다.

대충 돌아가는 사정을 알게 된 레인은 마법진을 살피는 척하며 미첼의 기분을 풀어주고자 농담으로 물었다.

"그나저나 바깥으로 나가면 뭘 하고 싶어요? 가령 뭔가를 먹고 싶다거나……."

미첼이 여기서 얼마나 있었는지는 알 수 없었다.

짐작하기로 벽을 타고 흐르는 물줄기를 통해 수분을 얻고, 아까 가리킨 두더지나 벌레 같은 걸 잡아먹으면서 버텼던 것 같다.

"밖으로 나가면, 제일 먼저 제시트의 목을 비틀어 버릴 거예요."

미첼의 대답에 레인은 소름이 돋는 것을 느꼈다.

"하하, 하, 그것도 좋은 선택이긴 합니다만, 제 목은 무사히 놔두셨으면 하네요."

"그건 하는 거 봐서요."

레인은 잠시 갈등해야 했다.

아무래도 피바람을 피하기는 힘들어 보였다.

Emperor Sword

CHAPTER 08
여자의 한은 무섭다

레인은 눈을 감고 명상에 잠겼다.

상황은 그리 여유롭다고 할 수 없었다.

마법진은 공간의 마나를 짓눌렀고, 땅속의 썩은 공기를 고이게 해 독의 형태로 바꾸었다.

처음 레인이 독에 대해 느끼지 못한 건 이미 상당한 면역력 때문이었다.

마찬가지로 내공이 움직이지 않는 것도 아마 그런 이유 때문인 것 같았다. 독에게서 몸을 지키기 위해서 말이다.

레인은 발상을 바꿨다.

내공도, 마나도 움직일 수 없다면 독 기운을 사용하기로.

"호오오, 흐으읍."

규칙적인 호흡 소리가 반복되었고, 지하의 공기가 요동치기 시작했다.

탁한 기류는 서서히 회전을 하더니 레인의 몸으로 빨려들어 갔다.

레인은 지금 연독진기를 운용하고 있었다.

연독진기는 몸속에 축적된 독을 내공으로 바꾸는 수련이었다. 꾸준히 독만 섭취할 수 있다면 보다 빠른 속도로 내공을 쌓을 수 있는 것이다.

레인은 세이렌의 사랑(?) 덕에 충분한 독을 먹었고, 나이에 비해 상당히 강해진 것도 그런 이유에서였다. 하지만 연독진기의 성취는 그리 높지 않아 독을 운용하는 능력은 많이 부족했다.

'가능할까?'

내공으로 정제되지 않은 독 기운은 거칠고 투박한 움직임으로 몸속을 헤집었다.

한참 동안 정신을 집중해 호흡에 몰두하던 레인이 드디어 눈을 떴다.

"레이디 미첼, 시간이 없으니 짧게 말하겠습니다. 제 등에 업히세요."

미첼은 망설임없이 레인의 등에 매달렸다. 귀족의 예절보다 여길 빠져나가고 싶은 욕구가 컸던 것이다.

"갑니다."

레인은 흡수했던 독 기운을 내공 대신 움직이기로 했다.

하지만 지속적인 운용은 불가능해 단 한 번에 승부를 걸기로 마음먹었다.

어느 정도 독에 단련된 레인이라 할지라도 독 기운을 흡수해 계속 운용한다는 건 무리였으니까.

"하압!"

짧은 기합과 함께 레인이 바닥을 박차고 솟아올랐다.

레인은 정점에 도달한 순간, 힘껏 벽을 향해 팔을 휘둘렀다.

콰직.

손가락이 벽을 파고들어 갔다. 하지만 뒤에 매달린 미첼 때문에 몸이 흔들리는 건 어쩔 수 없었다.

이제 남은 건 순수한 체력으로 벽을 타고 올라가는 것뿐.

레인이 말했다.

"보기보다 무겁군요."

미첼의 얼굴이 붉게 물들었다.

"하아! 하아! 하아!"

레인은 거칠게 숨을 몰아쉬었다.

미첼 역시 체력이 다한 듯 바닥에 쓰러진 채 꼼짝도 하지 않았다. 간간이 가슴 부위가 움직이는 게 아니었다면 시체라 불러도 무방할 정도였다.

한참이 지났다.

긴장이 풀렸는지 레인이 다시 물었다.

"이제 빠져나왔으니 뭘 하고 싶습니까?"

"몰라요. 지금은 그냥 쉬고 싶어요."

"그나마 다행이군요. 하지만 시간이 다 된 것 같네요."

"예?"

레인이 몸을 일으켰다.

"기사들이 올라오고 있어요."

정신이 번쩍 드는지 미첼도 일어서기 시작했다.

"이제 어떻게 하죠?"

"글쎄요. 명령을 내리는 건 미첼 론 파리앙 자작이니까요."

순간 미첼의 눈빛에 생기가 돌았다.

"힘이… 돌아왔나요?"

미첼의 조심스러운 질문에 레인은 고개를 끄덕였다.

마침 탑 위에서 나는 소리에 혹시나 하던 기사들이 올라왔다. 레인과 미첼을 발견한 두 기사는 믿을 수 없다는 눈빛이었다.

"미첼 론 파리앙 자작의 이름으로 명령을 내립니다. 제 적
들을 박살 내주세요."

"아아, 여전히 과격하군요."

레인의 몸이 계단 아래를 향해 움직였다.

*   *   *

"휴우, 다행이군. 정말 다행이야."

제시트는 안도의 한숨을 내쉬며 와인을 입으로 가져갔다.

하지만 곧 인상을 쓰더니 고개를 마구 저었다.

그 마이트 폴던이란 작자를 구덩이에 처박아버린 지 사흘
이 지났다.

그사이 아는 상단을 통해 폴던 후작가에 마이트란 자가 없
다는 걸 확인했다.

여기까지는 기분 좋은 일이었다.

뒤탈이 없다는 의미였으니 한시름 놓은 것이다. 하지만 문
제는 여전히 남아 있었다.

"대체 그자는 누구일까? 왜 미첼을 찾은 거지?"

아무리 고민해 봐도 답을 찾을 순 없었다.

마음 같아서는 다시 탑으로 돌아가 직접 물어보고 싶을 정

도로 답답했다.

"아버지, 다 잘됐는데 무슨 걱정입니까? 이번 일도 확실하게 마무리되었고, 적당한 시체 하나 가져다가 미첼의 장례식만 치르면 끝나지 않습니까?"

제시트의 장남인 제라플은 기분 좋게 웃으며 독한 술을 입으로 가져갔다.

"맞아요. 이제 남은 건 아빠가 파리앙 자작이 되는 거예요. 그럼 오빠도 나도 정식 귀족이 되는 거라고요. 호호!"

딸인 제프린도 즐거운 상상을 하며 활짝 웃었다.

그런 두 사람과 다르게 제시트는 얼굴을 일그러뜨렸다.

"입 다물어. 너희가 일을 엉망으로 만들어 더 어렵게 된 것 아니냐."

"하지만 이미 지난 일 아닙니까?"

제라플이 대들 듯 말하자 제시트는 더욱 화가 났다.

"당분간 너희들은 성을 나가지 마라. 아직 확실히 마무리된 게 아니란 말이다."

"하지만 성안에선 할 게 없지 않습니까?"

"맞아요, 아빠. 여긴 심심해요."

제라플과 제프린이 불평했다. 하지만 제시트는 완고한 태도로 소리쳤다.

"소식이 올 때까지 겨우 열흘이다. 그동안만 참으면 된단 말이다. 만약 그사이에 사고라도 친다면 이번엔 정말 용서하지 않을 거야."

제라플과 제프린은 인상을 찌푸렸다.

제시트는 두 사람의 모습에 한숨부터 나왔다.

장남인 제라플은 아내가 일찍 죽는 바람에 미처 신경을 쓰지 못했다. 그러다 보니 제멋대로 자랐고, 머리가 굵어지면서 여자를 밝히기 시작했다.

지금도 자작성 안의 시녀들을 죄다 건드리고 다닌다는 말이 있을 정도였다.

제프린은 그나마 나았지만 아직 철이 없었다.

돈이 얼마나 무서운지 모르고 사치를 일삼았으며, 수시로 친구들을 데려와 파티를 열었다.

불과 보름 전에 사준 비싼 목걸이를 단지 싫증난다며 버리고선 잃어버렸다고 거짓말을 하기도 했다.

제시트는 짧은 한숨을 내쉬었다.

자신의 자식들이 미첼의 반만 닮았으면 좋겠다는 생각이 간절히 들었다.

그때였다.

문이 벌컥 열리고 커다란 덩치의 기사, 데콘이 안으로 뛰어들어 왔다.

"무슨 일이냐?"

제시트가 묻자 데콘이 귓속말을 했다.

"뭐라고? 그게 사실이냐?"

"예."

제시트의 얼굴이 하얗게 변했다.

마이트 폴던과 미첼이 탑을 빠져나왔다. 그리고 자신의 기사들을 쓰러뜨리며 성을 향해 오고 있다고 했다.

'미첼이라면 어떻게 할까? 성을 빠져나갈까, 아니면 날 잡으러 올까?'

고민의 답은 간단했다.

그 마이트란 자의 실력이 대단하다면 자신을 잡으러 올 것이고, 반대라면 도망칠 게 분명했다.

"뭐, 뭣들 하느냐! 빨리 기사들을 보내 그들을 붙잡아라!"

"일단 그렇게 명령을 내렸습니다만, 상대의 실력이 예상보다 대단하다고 합니다."

잠시 생각하던 제시트는 데콘에게 명령을 내렸다.

"기사들을 여기로 불러 날 지키라고 해라. 그리고 네가 직접 그들을 잡아와라."

데콘은 당황스러워하는 제시트에게 실망했지만 명령에 따르기로 했다. 자작가를 배신한 대가로 기사단장이 된 이상은 어쩔 수 없는 노릇이었다.

데콘이 밖으로 사라지자 제시트는 아들딸을 불렀다.

“너희들은 일단 숨어 있어라. 그리고 혹시 일이 잘못될 것 같으면 내가 전에 말해준 곳으로 가서 메라님을 찾아라. 그분이라면 쉽게 내치진 않을 거야.”

“예? 아버지 그게 무슨 말입니까? 우리가 왜 도망가야 하는 거냐고요.”

제라플의 말에 제시트는 가슴이 답답해지는 걸 느꼈다.

“아빠, 난 가기 싫어요. 여긴 우리 성인데 어딜 간단 말이에요.”

제프린까지 철없는 소리를 하자 제시트는 버럭 고함을 질렀다.

“지금은 설명할 때가 아니야!”

그 서슬 퍼런 기운에 제라플과 제프린은 차마 대꾸하지 못하고 고개를 숙였다.

“마프, 애들을 보내.”

어느새 다가온 마프 집사장이 제라플과 제프린을 데리고 갔다.

제시트는 데콘이 데려온 오십 명의 기사를 보자 생각이 바뀌었다.

자신의 기사는 모두 이백 명이었다.

파리앙즈의 치안을 담당하기 위해 병사들과 함께하는 기사의 숫자는 백 명이었고, 나머지는 자작성의 경비를 맡았다.

여기에 오십 명이 있다면 최소 인원을 제외한 나머지 서른 명 정도가 미첼을 잡으러 갔다는 말이 된다.

'여기 있는 기사 오십 명과 미첼을 잡으러 간 기사들이 합쳐지면?'

그 마이트란 자가 강하다 해도 기사 팔십 명이라면 많은 숫자였다. 더군다나 많은 돈을 주고 포섭할 만큼 데콘의 실력은 대단했기에 충분히 잡을 수 있을 것 같았다.

"미첼은 어디에 있느냐?"

"화단 쪽에서 기사들과 대치 중이라고 합니다."

어차피 탑이 있는 화단 뒤에는 높은 성벽이 있었다. 두 사람이 파리앙즈로 들어가기 위해서는 자작성을 통과해야 하는 것이다.

제시트는 고개를 끄덕인 뒤 데콘에게 말했다.

"기사들로 하여금 메인 홀로 유인하라고 해라. 그리고 우리는 미리 가서 대기한다."

데콘은 기사들에게 명령을 내렸다.

곧 제시트를 비롯한 오십 명의 기사가 자작성의 중심에 있는 홀로 향했다.

데콘은 포위하듯 기사들을 넓게 배치시켰고, 혹시나 싶어 자신의 뒤에 제시트의 자리를 마련했다.

콰아앙!

커다란 문짝이 박살 나며 파편이 날아왔다.

동시에 철갑 덩어리 하나가 데굴데굴 굴러오더니 홀의 중앙에서 멈췄다.

그건 우그러진 갑옷 때문에 몸이 둥글게 말린 기사였다.

관절이 모조리 뽑힌 탓인지 기사는 꼼짝도 하지 못했고, 그저 신음만을 흘릴 뿐이었다.

그 사이로 레인이 들어왔다.

"유인하라고 보낸 기사는?"

제시트가 다급히 물었지만 데콘 역시 상황을 알지 못했다.

그렇게 당황하는 이들을 보며 레인이 손을 들었다.

"오랜만이군, 제시트. 그대를 보고 싶어하는 손님을 모시고 왔어."

빙긋 웃는 레인의 뒤로 미첼이 걸어 들어왔다.

그 살기 가득한 눈빛에 제시트는 몸이 움츠러드는 것을 선명하게 느꼈다.

제시트를 노려보던 미첼은 곧 주위를 포위하고 있는 기사들을 확인했다.

"제시트를 잡아줄 수 있나요?"

미첼은 이미 화단에서 레인의 실력을 확인했다. 하지만 오십 명이나 되는 기사, 그리고 데콘을 보자 쉽지 않을 것 같은 생각이 들었다.

"글쎄요. 그건 어렵지 않은데, 우선 주인공들이 다 모였으니 확인부터 해야죠."

"확인? 뭘 확인한다는 말이죠?"

레인은 차가운 미소를 지으며 미첼과 제시트를 쳐다봤다.

"우선 묻고 싶은 게 있습니다. 제시트 자작, 아니, 제시트. 대화를 나눌 생각이 있습니까?"

제시트는 잠시 고민에 빠졌다.

무엇보다 자신이 직접 겪어봤기에 그 감옥의 효과는 확실했다. 누군가가 줄을 내려주지 않았다면 결코 빠져나오지 못하는 것이다.

당연히 마이트란 자를 의심할 수밖에 없었다. 더군다나 서른 명에 가까운 기사까지 쓰러뜨렸으니 말이다.

또 미첼이 살아 돌아온 이상 자신의 죄는 밝혀질 수밖에 없었다.

잠시 고민하던 제시트는 자신의 옆을 지키고 있는 데콘을 쳐다보았다.

그때 미첼이 레인에게 물었다.

"대체 뭘 망설이는 거죠? 당신이 황제 폐하의 명령을 받아왔다면 날 위해 움직여야 하는 것 아닌가요?"

"착각하지 마세요. 전 테일론 제국의 로일드 황제의 검이지 당신의 검이 아닙니다.”

“그럼 왜 절 구한 거죠?”

“그야 정확한 걸 가리기 위해서죠.”

레인의 단호한 말은 미첼에게 큰 혼란을 남겨주었다.

하지만 더욱 혼란을 겪는 사람은 제시트였다.

다른 사람도 아닌 황제라니.

제시트는 제대로 된 판단이 서기도 전에 소리쳤다.

“저 둘을 잡아!”

데콘이 검을 뽑아 드는 것을 시작으로 기사들이 일제히 움직이기 시작했다.

레인은 한숨을 내쉬며 페르나팍스를 꺼내 들었다.

“어쩔 수 없군요. 기억하세요, 내 이름은 다크 폰 로열. 테일론 황실의 암행감찰관입니다.”

공격을 하려던 기사들은 눈을 부릅떠야 했다.

부담스러울 정도로 오뚝했던 코가 낮아졌고, 머리카락 색이 검게 물들었다.

무엇보다 레인의 얼굴이 비틀리고 있었다.

그 변화에 놀란 기사들이 주춤하는 사이 레인의 얼굴이 원래대로 돌아왔다.

레인이 외쳤다.

“페르나팍스! 게이트 오픈!”

번쩍!

요란한 황금빛이 커다란 홀을 가득 메웠다. 그리고 오십 명의 로열 가드가 모습을 드러내었다.

중심에 선 로열 가드가 검을 빼 들었다.

"우리는 황제의 검! 마스터의 명령에 따라 오직 검을 휘두르지니!"

"마스터여! 명령을 내리소서!"

로열 가드들이 일제히 외쳤다.

레인이 웃으며 말했다.

"모두 잡아."

*　　　*　　　*

"이 자식들, 빨리 움직여!"

난쟁이 스토브의 고함 소리에 길드원들은 저마다 불평을 터뜨렸다.

연이틀 정신없이 부려먹은 걸로도 모자라 갑자기 긴급 소집을 하더니 난데없이 서류를 주면서 사람을 찾아오라고 했다.

정보 길드는 은밀함이 생명이었다.

그만큼 상급자의 권위가 강하니 까라면 까는 게 길드원들의 비애였고, 어쩔 수 없이 움직여야 했다.

영문을 모르는 이들은 길드원뿐만이 아니었다.

바로 길드원들의 회유와 애교 넘치는 협박(?)에 의해 모인 사람들 역시 의심스러운 눈빛으로 스토브를 쳐다봤다.

그 숫자는 대략 서른 명. 다들 만만치 않은 체구를 가지고 있었고, 평범한 생활을 하는 사람으로 보이지 않았다. 거기다 다들 서로 아는 사이 같았다.

"자, 다들 준비됐으면 출발한다."

스토브의 밑도 끝도 없는 말에 더 이상 불만을 참지 못한 길드원 하나가 용기를 내었다.

"대체 이게 뭐 하는 짓입니까?"

"뭐 하는 짓이냐고? 널 패는 짓이다."

스토브가 지팡이 대용으로 쓰던 몽둥이를 빼 들자 길드원이 몸을 움츠렸다. 하지만 예상한 반응과 다르게 스토브는 히죽 웃으며 팔을 내렸다.

길드원들은 길드장이 드디어 미쳤구나 싶어 더욱 긴장해야 했다.

"자세한 이야기는 가면서 해주마. 우리의 목적지는 파리앙 자작성이다."

스토브의 말이 끝나자 길드원들에 의해 끌려온 이들의 인상이 험악하게 변했고, 일부는 당장에라도 폭동을 일으킬 듯 흥분한 표정이었다.

스토브는 그들을 향해 미소를 지었다.

"당신들이 기다리는 사람이 돌아왔다는 것 정도는 말해주겠소. 그러니 함께 갑시다."

스토브는 그렇게 일행을 이끌고 파리앙 자작성을 향해 움직였다.

파리앙 자작성의 가장 높은 층에 가신들과 회의를 하기 위해 만들어놓은 넓은 공간이 있었다.

그곳에는 서른 명이 넘는 기사가 등 뒤로 손이 묶인 채 무릎을 꿇고 있었는데, 그 가운데 제시트와 그의 아들딸도 포함되어 있었다.

다들 억울하다는 표정이었지만 그래도 나은 편이었다.

여기 없는 기사들은 죄다 병신이 되어 임시 병동에서 쓰러져 있는 상태였으니까.

"이거 꽤 보기가 좋군."

레인은 그렇게 말하며 미첼의 손을 이끌었다.

미첼은 이전까지의 당당한 모습과는 다르게 약간은 위축된 것 같았다.

하기야 그 일방적인 폭력을 목격했으니 어쩌면 그게 당연한 것인지도 몰랐다.

황금 갑옷의 로열 가드들은 무자비했다.

오직 명령만을 따르는 짐승처럼 한때 자신의 기사들을 박살 내버린 것이다.

"자자, 여기 앉으세요."

레인의 손이 가리킨 곳은 단상에 있는 화려한 의자였다.

원래는 미첼의 아버지 것이었고, 한동안 제시트의 자리였으며, 이제는 자신의 것이 된, 파리앙 자작 가문의 계승자가 앉을 장소였다.

미첼은 잠시 주저했지만 결국 의자에 앉았다.

높은 곳에서 아래를 내려다보니 모든 것이 보였다.

분노로 이를 갈고 있는 제시트와 부들부들 떨고 있는 제라플, 억지로 애처로운 표정을 지으며 자비를 구하고 있는 제프린까지.

순간 과거의 기억이 떠오르자 미첼은 이를 악물었다.

"당신의 자리는 이쪽이 괜찮겠군요."

레인의 말에 마프 집사장은 미첼의 왼편에 서서 고개를 숙였다.

제시트는 마프를 보자 당장에라도 씹어버릴 듯한 분노를 드러내었다.

마프의 배신이 쓰라렸다.

유일한 희망이던 제라플과 제프린을 기절시켜 창고에 가

둔 것이다. 하지만 묶여 있는 이상 그가 할 수 있는 일은 아무 것도 없었다.

레인은 미첼의 오른쪽에 선 뒤 아래를 내려다봤다.

"솔직히 난 폭력적인 수단을 그리 좋아하지 않아. 기왕이면 대화로 해결하고 싶었어."

레인의 능글능글한 태도에 미첼은 도무지 종잡을 수 없었다.

"자, 도둑이 제 발 저린다고, 절 함정에 밀어 넣고, 대화를 거부했으며, 기사들을 움직였으니 확실히 나쁜 짓을 한 게 맞는 모양이야."

레인의 말에 제시트가 고개를 저었다.

"억울합니다. 전 아무 죄가 없습니다."

"그럼 왜 절 탑으로 유인해 저 빌어먹을 곳에 가둔 겁니까?"

쉽게 말을 못할 것 같은 제시트는 오히려 당당하게 입을 열었다.

"제가 그랬던 건 시간이 필요해서였습니다. 폴던 후작 가문에 연락을 해 신분을 확인하면 바로 꺼내 드릴 생각이었습니다."

"신분을 확인하려 했다?"

"예. 요즘 사기꾼들 때문에 피해를 보는 귀족들이 많아졌습니다. 특히 암행감찰사를 사칭하는 자들이 많아서……."

제시트는 눈치를 보듯 말끝을 흐렸다.

그 뻔뻔한 거짓말에 레인은 피식 웃으며 넘어가기로 했다. 어차피 중요한 건 그게 아니었으니까.

"그래서 내가 사기꾼이라 의심했다는 말이군. 좋아, 그럴 수도 있지. 그럼 왜 이 여자를 가둔 거지?"

"정말 오해하고 계십니다. 미첼은 전염병에 걸렸습니다."

"내가 확인해 본 결과 멀쩡했다."

레인이 단호하게 자르자 제시트는 마른침을 삼켰다.

"그게, 그러니까… 그런 식으로 표현하긴 했습니다만, 몸에 특별히 이상이 있는 병이 아니라 정신적으로 문제가……."

"거짓말하지 마. 내가 모를 줄 알아?"

미첼이 앙칼진 목소리로 소리치자 레인이 손을 저으며 말렸다.

"자자, 진정하고. 제가 알아서 처리하겠습니다."

제시트는 눈치를 보면서 말을 이었다.

"미첼은 제가 아내를 죽였다고 생각해 소문을 내고 다녔습니다. 그 탓에 파리앙즈의 백성들은 절 욕하고, 제 상단의 이미지가 추락해 큰 손해를 봤습니다."

"그래서 저 탑에 가두었다?"

"아뇨. 그것도 오해입니다. 전, 아니, 성에 있는 사람들은
미첼이 사라진 걸 몰랐습니다. 그래서 저도 사람을 풀어 찾기
는 했습니다만, 설마 탑 안에 갇혀 있으리라고는……."

원래 소심한 사람은 어떤 상황에서도 변명을 할 수 있게 준
비한다는 말이 있다.

특히 제시트는 노련한 상인답게 거짓말을 능숙하게 하고
있었다.

하지만 레인은 속지 않았다.

"미첼을 만나게 해준다고 날 감옥에 밀어 넣고 몰랐다고?
거참, 말은 잘하네."

레인은 고개를 돌려 미첼을 쳐다봤다.

"미첼 론 파리앙, 저자의 변론을 어떻게 생각하십니까?"

"모두 거짓말이죠. 당신도 당해봐서 알겠지만, 누군가 그
마법으로 된 함정을 작동시키지 않았다면 제가 갇힐 리가 없
잖아요."

"그게 제시트다?"

"예."

미첼의 말에 레인은 다시 미소를 지었다.

"제시트, 이 말에 대해 반박할 수 있나?"

"전 억울합니다. 제가 아내를 죽였다는 것도, 감옥에 가두

었다는 것도 모두 미첼의 오해일 뿐입니다."

"오해라는데?"

레인이 돌아보자 미첼이 자리에서 일어났다.

"정말 저 사람의 말대로 제가 정신병에 걸렸다고 생각하는 건가요?"

"미안하지만 난 감찰관이거든요. 단순히 감정적인 심증만으로 판결을 내리지 않는다고요. 그리고 이건 임시지만 정식적인 재판입니다."

"당신이 당한 게 억울하지 않나요?"

"그건 제가 알아서 할 문제죠. 그리고 미첼, 당신이 확실한 증거를 대지 못한다면 전 조사관을 부를 생각입니다."

미첼은 원망스런 눈빛으로 레인을 쏘아봤다.

사실 레인이 이렇게까지 하는 건 이유가 있었다.

광산 노예들을 해방시키고 타리우스에게 자작의 작위를 주었다. 그리고 돌아왔을 때 분명 트라시온 황자가 대충 이렇게 말했다.

"만약 그 타리우스가 가짜라면 넌 속은 거야. 확신이 들 때까지 조사를 해야 확실한 판결을 내릴 수 있다고."

트라시온 황자는 이번 일을 맡기 전에도 충고를 했다.

"나는 정보만 가지고 판단을 하기에 정확하다고 할 수 없어. 하지만 넌 직접 일을 맡으니 더욱 신중한 결정을 내릴 수 있을 거야. 더군다나 내가 귀족들의 반대를 무릅쓰고 너에게 막대한 권한을 준 이상, 너의 실수는 곧 나의 실수가 된다고."

그 말은 레인에게 큰 부담으로 다가왔다.

물론 자신이 사고를 치더라도, 귀족들의 원성이 황궁을 소란스럽게 해도 트라시온 황자는 눈 하나 깜짝할 사람이 아니었다.

어쨌든 레인은 심중으로 제시트가 죄를 지었다는 건 알고 있었다. 하지만 미첼이 증명하지 못하는 이상, 그녀의 말이 무조건 옳다고 할 수 없었다.

그런 레인의 생각을 읽었던 것일까?

미첼이 자리에서 벌떡 일어났다.

"제라플 이 개자식아! 날 똑똑히 쳐다봐!"

미첼이 갑자기 자신의 아들을 향해 소리치자 제시트는 영문을 모르겠다는 표정을 지었다.

반대로 제라플은 고개를 바닥에 숙인 채 꼼짝도 못했다.

"네가 내 침실에 들어왔을 때 했던 말을 난 아직도 똑똑히 기억하고 있어. 머지않아 제시트가 자작이 되면 날 성에서 쫓

아닐 거라고, 그러니 얌전히 네 여자가 된다면 성에서 계속 살 수 있게 해준다고."

제시트는 깜짝 놀라 제라플을 쳐다봤다.

"넌 날 강간하려 했고, 난 거부했지. 그 증거가 네 어깨에 있을 거야."

미첼의 말에 갑자기 분위기가 싸늘해졌다.

레인은 인상을 쓰며 천천히 단상 아래로 내려와 제라플의 앞에 섰다. 그리고 망설임없이 멱살을 잡더니 상의를 북 찢어버렸다.

제라플의 어깨에 희미하지만 이빨 자국이 보였다. 어찌나 심하게 깨물었는지 한 달이 훨씬 넘게 지났음에도 흔적이 남아 있을 정도였다.

실제로 어떤 이빨 자국은 흉터가 아님에도 5년 가까이 남은 적도 있었다.

"그리고 제프린, 내가 모를 줄 알아? 순진한 척은 다 하면서 데콘을 잘도 유혹하더군."

제시트는 설마하는 심정으로 자신을 딸과 가장 믿었던 기사단장 데콘을 쳐다봤다.

둘은 애써 고개를 돌려 제시트를 외면함으로 미첼의 말을 증명하고 말았다.

레인은 미첼에게 말했다.

"그것만 가지고는 부족합니다. 제시트가 자작위를 계승하기 위해 당신의 어머니를 죽였다는 것, 그건 아직 확실한 증거가 없습니다."

"그때 기억하나요? 저 감옥에서."

미첼이 손으로 가슴 부분을 가리키고, 레인은 단번에 알아차렸다.

미첼은 지금 독을 말하고 있었다.

"분명히 제가 말하긴 했죠, 치명적이진 않지만 시간이 지날수록 사람의 정신을 이상하게 하는 독이라고."

"맞아요. 어머니가 멀쩡했다면 탑에서 뛰어내려 자살할 리가 없어요, 저를 두고서."

미첼의 말은 설득력이 있었다.

세상에 어떤 어머니가 하나 남은 딸을 두고 죽음을 택할까.

그 어떤 변론보다 확실한 말이었다.

"당시 어머니의 몸에는 검은 반점이 있었어요. 제가 보지 못하게 제시트가 손을 쓰긴 했지만 그걸 확인한 사람들이 있어요."

"증인을 데려올 수 있습니까?"

미첼은 차마 대답하지 못했다.

그때였다.

요란한 소리와 함께 한 무리의 사람들이 문을 벌컥 열고 대전 안으로 들어왔다.

그 선두에 스토브가 있었다.

"지시한 대로 데려왔습니다."

스토브의 뒤로 서른 명에 가까운 덩치들이 모습을 드러내었다.

무심코 고개를 돌린 제시트는 얼굴을 일그러뜨렸다.

그들은 자신이 포섭하지 못해 내쫓은, 진짜 파리앙 자작가의 기사들이었다.

Emperor Sword

CHAPTER 09
상단을 추격하다

상황은 빠르게 정리되었다.

스토브가 데려온 기사들은 미첼의 어머니 몸에 중독의 흔적이 있었음을 증언했다.

그렇게 모든 증거가 나오자 레인이 선언했다.

"나 다크 폰 로열 공작은 미첼 론 파리앙을 파리앙 자작 가문의 정식 계승자로 임명하겠다. 그리고 감히 귀족의 자리를 넘봐 음모를 꾸민 제시트와 그의 일족에게 그에 합당한 처벌을 집행하겠다."

레인은 만인이 보는 앞에서 교수형을 권했다.

정식적인 절차대로였고, 공정함을 보일 수 있어서였다.

하지만 미첼의 생각은 달랐다.

"전 그들을 감옥에 가둘 생각이에요. 영원히 나올 수 없는 바로 저 탑에."

미첼의 눈빛은 증오가 가득했다.

레인은 소름이 돋는 것을 느꼈지만 그녀의 선택을 막지는 않았다.

미첼은 파리앙 자작이자 파리앙즈의 영주였다. 그러니 그에 합당한 권한을 행사할 자격이 있었으며, 그걸 인정해야 권위가 살아난다.

미첼의 분노는 거기서 그치지 않았다.

데콘을 비롯해 자작가를 배신한 기사들의 목을 베었고, 마프의 조언을 받아 어쩔 수 없이 제시트를 따른 이들은 자작령의 노예로 만들어 버렸다.

그 기간은 십 년. 하지만 그들은 목숨을 건진 것만으로 충분히 만족했다.

이틀 동안 탑에서 들려오는 제시트의 저주와 증오, 그리고 비명을 생각하면 말이다.

그들은 미첼이 버텼던 것처럼, 어딘가의 구멍으로 들어오는 벌레와 쥐들을 먹으면서 살아갈 것이다, 적어도 생존에 대한 집착이 사라지거나 생명이 다할 때까지는.

이제 레인에게 남은 건 대가를 받아 돌아가는 것이었다.

"시간이 필요해요."

레인은 순순히 미첼의 부탁을 들어주었다.

어차피 며칠 뒤면 조사관들이 도착할 테고, 그때까지는 별일없었으니까.

레인은 편안한 나날을 보내고 있었다.

이번 일은 의외로 간단했다. 약간 피곤(?)하게 했던 감옥을 제외하면 쉽게 풀렸다고 할 수 있었고, 이전처럼 뒤처리까지 신경 쓸 이유가 없었다.

미첼은 나름 강력한 권한을 행사해 파리앙 자작성을 해부했고, 철저하게 자신을 중심으로 돌아가게 구조를 재구성했다.

"그나저나 감쪽같이 위장하다니 역시 보통 인물이 아니었어."

레인은 혀를 내두르며 마프 집사장을 떠올렸다.

미첼이 성인식을 치르게 되면 파리앙 자작가의 유일한 혈통인 그녀가 공식적인 자작이 된다.

제시트가 서둘러 아내를 죽였던 것도, 미첼을 가두었던 것도 모두 그런 이유에서였다.

마프는 미첼을 지키기 위해 성인식 날짜를 조작했고, 편지까지 황실에 보내 레인을 불러오게 한 사람이었다.

그럼에도 마프는 신중했다.

레인을 보자마자 황실에서 온 사람인 걸 알았으면서도 도움을 청하지 않았다.

아마 레인이 먼저 정체를 밝혔다면 오히려 마프는 의심했을 것이다.

거기다 일이 잘못되어 제시트가 자작이 되었다면 마프는 자신의 말을 기억 안 난다고 할 게 분명했다.

적어도 겉으로는 제시트의 충실한 집사였으니까.

레인은 그렇게 상황이 종료되자 자신의 방에 틀어박혔다.

일은 해결됐지만 왠지 찝찝함이 남아서였다.

"저 감옥은 누가 만든 것일까?"

감옥의 마법진은 금괴 하나를 지키기 위해 금괴가 가득 든 상자를 소비하는 것과 같았다. 파리앙 자작가의 능력으로는 무리였고, 쓸데없이 불필요한 지출이었다.

의문은 거기서 끝나지 않았다.

트라시온 황자는 마프를 통해 전해진 편지만 가지고 움직일 인간이 아니었다.

"분명히 뭔가 있어."

문제는 그게 뭔지 짐작이 가지 않는다는 점이었다.

그 의문을 풀어준 건 야심한 밤의 습격자(?)였다.

레인은 습관처럼 운기를 한 뒤 침대에 누웠다.

이런저런 생각에 머리가 복잡했다. 다행히 오래가진 않았다.

깊은 밤의 고요와 적막은 사람의 정신을 맑게 만들기도 했지만 반복된 지루함이 피로를 불러들인 것이다.

눈을 감은 채 깊은 수면에 한 발을 담근 순간, 애석하게도 방문이 열리고 말았다.

그 소음의 주인공은 바로 미첼이었다.

미첼은 조심스러운 걸음으로 들어오더니 움직임과 다른 대담함을 가지고 침대로 향했다.

레인은 슬며시 실눈을 뜨고 미첼을 쳐다봤다.

'흡.'

탐스러운 붉은 머리카락이 아래로 내려와 가슴을 살짝 가렸고, 속이 비치는 얇은 잠옷이 몸매의 곡선을 적나라하게 드러내고 있었다.

'이 동네 여자들은 원래 이렇게 적극적인가?

레인이 당황스러워하는 사이 미첼은 망설임없이 침대로 들어와 손을 뻗었다.

레인은 미첼의 팔목을 잡았다.

"이건 좀 곤란한데요."

"뭐가 곤란하다는 거죠?"

미첼이 부드러운 얼굴로 웃자 붉게 칠한 입술이 더욱 매력적으로 보였다.

"흐음, 그건 잘 모르겠고, 지금 이 행동은 당신같이 현명한 여자가 할 일이 아닌 것 같군요."

"전 제 판단을 믿어요."

미첼의 몸이 더욱 침대로 파고들자 레인의 정직한 육체가 반응하기 시작했다.

하지만 갈등은 오래가지 않았다.

거침없는 행동과 달리 미첼의 눈빛은 흔들리고 있었고, 어떤 부분에선 망설임이 느껴졌다.

레인은 곧바로 몸을 일으켰다.

"원하는 게 뭐죠?"

"난 당신을 소유하고 싶어요."

미첼의 진지하며 상대의 속을 니글거리게 만드는 말은 레인의 인내심에 한계를 가져왔다. 더는 참지 못하고 웃음을 터뜨린 것이다.

"푸하하! 장난 그만해요."

미첼은 붉어진 얼굴을 한 채 이불을 당겨 가슴을 가렸다.

"그렇게 티가 나나요?"

"예. 연기가 너무 어설퍼요."

"역시 장난은 안 통하는군요."

그렇게 말하면서도 미첼은 어딘가 아쉬운 듯 보였다.

"이 밤늦은 시간, 제 침실을 방문한 용건을 들어보고 싶군요."

"전 파리앙 자작성의 주인이니 못 가는 곳이 없어요."

"자꾸 말 돌리면 당신의 연극에 동참하는 수가 있습니다."

레인의 손이 미첼의 가슴을 가렸던 이불을 살며시 잡아당겼다.

결국 미첼은 진심을 털어놓을 수밖에 없었다.

"난 날 지켜줄 사람이 필요해요. 무엇보다 믿을 수 있는 사람이 없어요."

"그건 당신이 만들어야죠. 이 영지는 당신의 것이니까요."

레인의 말에 미첼은 고개를 저었다.

"너무 많은 기사들을 숙청했어요. 그 때문에 돌아온 기사들 역시 저를 보는 눈이 좋지 않아요. 자신들도 그렇게 될 수 있다고 생각하는 모양이에요."

"시간이 지나면 해결될 문제죠."

레인은 대수롭지 않다는 태도를 보였다.

미첼은 조용히 레인의 검은 눈동자를 쳐다봤다. 그리고 속마음을 읽으려는 듯 한참 동안을 주시하더니 가벼운 한숨을 내쉬었다.

“거절이군요.”

“황제의 허락을 맡는다면 생각해 보죠.”

불가능을 말하는 배려에 미첼은 쓸쓸한 표정을 지었다.

레인은 두 팔을 벌려 살며시 그녀를 끌어안았다.

지금 파리앙 자작가는 이전과 달랐다. 가족이 모두 사라지고 남은 건 오직 그녀뿐이었다.

집사장 마프는 믿을 수 있었지만 힘이 없었고, 힘을 가진 기사들은 그녀를 두려워하고 있었다.

눈치가 빠른 미첼이 그걸 모를 리가 없었다.

군중 속의 외로움이라고 할까?

미첼은 지금 그 감정을 절실하게 느끼고 있는 모양이었다.

그렇지 않다면 이 야심한 시각에 자신을 찾을 이유가 없는 것이다.

미첼의 얼굴이 갑자기 밝아졌다. 그리고 레인을 밀어내더니 그대로 침대에 드러누워 천장을 바라봤다.

“이틀 동안 정말 바빴어요. 하지만 제시트의 상단을 흡수해 자작가의 재산으로 바꿀 수 있었죠.”

죄인의 재산은 영주에게 귀속된다. 가족이 있다면 상속이 가능하지만 모두 미첼에 의해 갇힌 상태였고, 죽은 것과 마찬가지였다.

놀라운 건 그 많은 일을 겨우 이틀 만에 처리했다는 점이다. 아마 마프의 도움이 컸으리라.

"다행이군요. 당분간은 걱정하지 않아도 되겠네요."

"예. 그런데 문제가 생겼어요."

미첼은 살짝 고개를 돌려 레인을 향했다.

"전 파리앙 자작가를 계승하는 조건으로 어떤 물건을 인계하기로 했어요."

"어떤 물건?"

"예. 저도 그게 뭔지는 몰라요. 짐작이 가는 건 값비싼 물건이라는 것 정도? 하지만 황실에서는 이미 파악하고 있는 것 같았어요."

레인은 살짝 인상을 찌푸렸다.

"어쨌든 그 물건은 제시트의 상단이 보유하고 있었죠."

"보유하고 있었다면… 지금은 아니라는 말?"

"예."

미첼의 목소리는 힘이 없었다.

정상적인 절차라면 미첼이 파리앙 자작가를 잇는 게 맞았다. 하지만 제시트가 황실이 아닌 자작가의 하이로드가 납득할 수준의 상납을 한다면 바뀔 수도 있었다.

미첼이 황실의 힘을 얻는 대가로 주기로 한 물건이 사라졌다.

그건 보통 심각한 문제가 아니었다.

레인이 다급히 물었다.

"지금 그 물건은 어디 있지요?"

"시간상으로 봤을 때 당신이 탑에 떨어진 날 제시트 상단의 마차들이 파리앙즈를 출발한 걸로 기록되어 있어요. 그리고 그 마차 중에 하나에 그 물건이 있다는군요."

"그럼 지금 이러고 있을 때가 아니잖아요?"

"이미 사람을 풀어 수소문하고 있는데 아직 시간이 좀 필요해요. 같은 날 출발한 마차는 모두 다섯으로 네 방향으로 흩어져 버렸으니까요."

"제길."

레인은 침대에서 일어나 복장을 챙기기 시작했다.

당장에라도 떠나려는 그 행동에 미첼이 말했다.

"밤이 늦었어요. 그리고 하루만 더 있으면 필요한 정보들이 들어올 거예요."

미첼은 제시트 상단을 흡수했지만 아직 고용인들의 반발이 있다며 그들을 설득하는 중이라고 했다.

"미안하지만, 난 바쁜 사람이라고."

레인은 그렇게 말한 뒤 순식간에 밖으로 나가 버렸다.

미첼은 닫힌 문을 바라보며 아쉬운 표정을 지었다.

"아까는 진심이었는데……"

콰아앙!

때 아닌 날벼락에 스토브는 벌컥 짜증을 냈다.

"어떤 새끼야?"

"이런 새끼다."

커다란 손이 불쑥 튀어나와 막 침대에서 일어나려던 스토브를 끌어냈다.

"하하, 또 오셨군요? 그런데 대체 이 시간에 무슨 일이십니까?"

스토브는 잠시 당황해하다 곧 미소를 지었다.

레인이 처음 방문한 날, 길드는 참으로 힘든 하루를 보내야 했다.

어쨌든 그 직후 스토브는 레인의 명령대로 파리앙 자작가에 대한 조사에 착수했고, 최근에 쫓겨난 이들이 적지 않다는 사실을 알게 되었다.

그들을 모아 자작가로 달려간 건 상황을 정리한 레인의 연락 때문이었다.

그 도움의 대가로 얻게 된 건 막대한 지원금이었으니 레인의 방문이 반가울 수밖에.

"뭐든지 말씀만 하십시오."

레인은 아주 짧고 간결하게 자신이 해야 할 말을 전했다.

며칠 전, 그 날짜에 파리앙즈를 빠져나간 제시트 상단의 마차에 대한 자료를 달라.

인원 구성과 물건의 종류, 최종 목적지 등등.

"그런데 무슨 일이십니까?"

"급한 일이지. 그러니 최대한 빨리 알아봐 줘."

이전과 달라진 말투에 스토브는 어느 정도 마음이 놓였다.

잠시 후, 수하들이 서류를 잔뜩 들고 오자 스토브는 재빨리 책상에 펼치기 시작했다.

"그러니까 제시트 상단이란 말이죠?"

스토브는 익숙한 솜씨로 서류를 분리했다. 그리고 몇 개를 뽑아 레인에게 건넸다.

"상단의 정보는 이래저래 쓸 데가 많아 착실하게 조사를 해놨습니다."

"다행이군."

레인은 각 마차의 목적지와 인원 구성을 살폈다.

원하는 마차를 찾는 건 어렵지 않았다.

상단의 병사들이 아닌, 이름이 알려지지 않은 서른 명 정도의 용병단이 상단의 호위를 맡고 있었는데, 가장 중요한 건 그들 중 파리앙 자작가의 기사들이 다섯이나 포함되어 있다는 점이었다.

"목적지는 상업도시 바빌, 중계 상인 벨로슨?"

레인의 말에 스토브는 고개를 갸웃거렸다.

“벨로슨이라면… 들어본 적 있습니다.”

“뭐 하는 놈인데?”

“그게 이쪽에선 소문이 안 좋은데, 주로 노예를 취급하는 자입니다.”

칸젤은 노예제도를 없애려고 했지만 쉽지 않았다. 제국은 많은 노동력이 필요했고, 여러 가지 이유로 노예가 필요했던 것이다.

그러니 노예 상인이라고 욕먹을 이유는 없었다.

그런 생각을 눈치챘는지 스토브가 말했다.

“그러니까 보통의 노예가 아니라 돈 많은 귀족들의 취향에 맞춰진 밤을 즐기기 위한 노예들입니다. 특히 벨로슨은 그쪽에서 제법 이름이 알려졌는데 희귀한 종족들도 취급한다고 하더군요.”

대충 그 의미를 알게 된 레인은 살짝 인상을 찌푸렸다.

‘그럼 미첼이 물건이라고 말한 게 노예였단 말인가?’

가만히 생각해 봤지만 그건 아닌 것 같았다.

트라시온 황자가 아무리 독특(?)한 취향을 가졌다고 해도 고작 그런 일에 자신을 파견할 까닭이 없었다.

그렇다면 다른 뭔가가 있다는 말이었다.

“일단 알았다. 정보 고마워.”

레인은 서둘러 정보 길드를 빠져나갔다.

남부 파리앙즈에서 중부의 상업도시 바빌까지는 상단의 일반적인 이동 속도로 열흘 거리였다. 벌써 절반이나 지난 것이다.

만약 그 물건이 벨로슨의 손에 들어가 누군가에게 팔린다면 여러 가지로 곤란했다. 노예의 특성상 구입한 귀족은 비밀을 요구할 게 틀림없었으니까.

막상 밖으로 나온 레인은 당황해야 했다.

어두운 밤, 방향을 찾는 것도 어려웠고 마땅한 이동 수단도 떠오르지 않았다.

"말 좀 끝까지 듣고 나가십시오."

난쟁이 스토브의 뒤로 커다란 그림자가 비췄다. 탄탄한 허벅지와 매끈한 몸체를 가진 흑마가 거기 있었다.

레인은 피식 웃더니 말에 올라탔다.

"돌려준다는 보장은 없어."

"괜찮습니다."

스토브가 숙인 고개를 다시 들 때, 이미 레인은 사라지고 없었다.

레인은 비몽사몽에 가까운 상태로 거칠게 말을 몰았다.

이번 말은 상태가 안 좋았는지 점점 속도가 느려지고 있었고, 고작 한두 시간 버티는 것도 힘들어 보였다.

중간 중간 말을 바꿔 네 마리째 레인은 나흘 동안 거의 쉬
지 않고 말을 달렸다.

대부분의 상단은 위험에 대비하기 위해 하루 여덟 시간 정
도를 이동한다. 나머지 시간은 물건을 점검, 상태를 확인하고
내일의 이동을 위해 충분한 휴식을 취하는 것이다.

레인은 거의 서너 배에 가까운 속도로 움직이고 있었지만
아직 상단의 흔적을 발견하지 못했다.

거친 황야를 물들이던 태양이 힘이 빠진 듯 서서히 가라앉
고 있었다.

어둠이 몰려오기 시작하면서 레인은 고민에 빠졌다.

지친 말에게 휴식을 주고 나중에 다시 달리느냐, 속도를 줄
이고 계속 전진하느냐.

레인은 후자를 택했고, 결론적으로 그 선택은 옳았다.

"뭐지?"

저 멀리서 한 무리의 짐승들이 뭉쳐 있는 게 보였다.

레인은 혹시나 싶어 말머리를 돌렸지만 말은 두려움에 움
직이기를 저어했다.

결국 레인은 말에서 내려 직접 걸음을 옮겼다.

가까이 가서 보니 서너 마리의 늑대가 뭔가를 향해 머리를
처박고 있었다.

"시체?"

레인은 그 정체를 확인하자마자 늑대들을 향해 움직였다.

날카로운 살기를 접한 늑대들은 잠시 레인을 보며 으르렁거렸지만 본능을 이길 수는 없었다.

그렇게 늑대들이 꼬리를 말고 도망가자 레인은 눈살을 찌푸리며 흔적을 살폈다.

시체는 모두 아홉이었다.

그중 다섯은 갑옷을 입은 기사였는데 기습을 받은 듯 칼자국이 목 뒤에 있었고, 나머지는 복장도 제멋대로인 용병들이었다.

"뭔가 문제가 있었던 모양이군."

기사가 상단을 호위하는 것도 드물었지만, 가끔 용병과 싸움이 벌어지기도 한다.

용병을 좋게 보는 기사는 신관을 존경하는 마법사보다 적었으니까.

레인은 곧 기사들의 갑옷에서 파리앙 자작가의 마크를 발견했다.

"찾았군. 시체의 상태로 봤을 때 거리가 멀지 않다."

레인은 확신을 가지고 자리를 떴다.

레인은 움직인 지 한 시간 만에 목표를 찾을 수 있었다.

자그마한 숲을 끼고 네 대의 마차가 멈춰 있었는데, 그 중심에 장작불이 타고 있었다.

레인은 말을 풀어주고 가까이 다가갔다.

용병들은 따뜻한 불을 쬐면서 술을 마시고 있었고, 들뜬 목소리로 떠들어댔다.

"역시 대장이 최고야. 안 그래도 얼마나 꼴 보기 싫었는데."

"맞아. 기사라고 거드름이나 피울 줄 알았지 할 줄 아는 게 아무것도 없었잖아."

레인은 바닥에 엎드린 채 마차가 만들어낸 그림자 사이로 움직였다.

용병의 숫자는 대략 스물에서 스물다섯 정도였다. 하지만 절반 이상이 무장도 하지 않았고, 나머지도 경계심을 푼 채 연신 술과 고기를 뜯고 있었다.

그럼에도 레인은 움직이지 않았다.

막상 저들을 마주치면 어떻게 할 것인지에 대해 많이 생각했지만 어느 것도 마음에 들지 않았다.

"하여간 대장 말 들으니 일이 잘되잖아. 그렇지 않아?"

한 용병이 동의를 구하듯 말하자 다들 박수를 치며 환호성을 질렀다.

그러던 중 한 용병이 겁먹은 목소리로 물었다.

"그런데 정말 문제없을까? 저들은 기사잖아."

"이런 겁쟁이 같으니라고. 우리 대장이 그 정도 생각도 없이 움직였을 것 같아? 여기는 프룬 황야라고. 가끔은 몬스터도 나오고 우리가 일을 벌인 쪽에는 늑대들도 종종 나타나는 곳이야."

"맞아. 습격을 받았다고 둘러대면 그만이라고."

다른 용병들이 변명을 했지만 그 용병은 안심이 되지 않는 모양이었다.

"하지만 제시트 상단의 물건인데……."

일을 저질렀을 때는 몰랐지만 시간이 지나고 나니 후회가 되는 모양이었다.

그때 아주 걸걸한 목소리가 울렸다.

"걱정하지 마라. 우린 계약서대로 벨로슨에게 이 계집들만 넘기면 된다. 어차피 돈도 거기서 받기로 했으니 인계만 확실히 하면 문제 될 게 없어."

"역시 우리 대장이야."

"그래. 그런 의미에서 한잔하자고."

용병들은 또다시 술을 마시며 소란을 피워댔다.

레인은 대충 돌아가는 상황을 알 수 있었다.

기사와 용병들 간에 트러블이 있었고, 결국 저 대장이란 자가 용병들을 선동해 일을 벌인 것 같았다.

대장은 용병들에게 더욱 믿음을 심어주기 위해 다시 입을 열었다.

"왜인지는 모르겠지만 제시트 상단은 자신들이 관여했다는 증거를 지우기 위해 우릴 고용한 거다. 문제가 생기면 우리 용병단에게 뒤집어씌울 생각이었어."

"그, 그럼 더 문제가 되지 않을까?"

"멍청한 녀석. 그래서 더 괜찮다는 거다. 뒤가 구린 일이라는 증거니까. 그러니 우리가 기사들을 죽였다고 해도 인계만 정확하면 따지지 않을걸. 그리고……."

대장의 목소리 역시 약간 들뜬 듯 보였다.

"목적지는 이틀거리. 어차피 내일 하루만 움직이면 마을도 나오니 눈치 보지 않고 즐길 수 있는 날은 오늘뿐이야."

그 말이 끝나자 용병들의 눈빛이 달라졌다. 그리고 일제히 마차를 쳐다보더니 슬금슬금 몸을 꿈틀거렸다.

"대장, 정말 괜찮은 거지?"

겁먹은 목소리가 들리고 다른 용병들도 마른침을 삼켰다.

"어차피 저년들은 노예로 팔려갈 애들이야. 조금 손댄다고 문제 될 건 없겠지."

그걸 허락으로 알아들었는지 몇몇 용병이 자리에서 일어나 마차로 향했다.

벌컥 문이 열리고 용병들이 손을 뻗었다.

"꺄아악!"

날카로운 비명에 레인은 인상을 찌푸렸다.

예상대로 손에 족쇄를 찬 여자들이 끌려 나왔다.

어둠 속이라서 정확히 파악하긴 힘들었지만 여자들의 미모는 상당했다.

서너 명은 하얀 피부에 드문 녹색의 머리카락이었고, 또 몇 명은 독특한 피부색을 가지고 있었다.

공통적인 건 그들의 옷차림이었다.

노예라는 걸 각인시키려는 듯 곳곳이 찢어진 누더기 같은 옷을 입고 있어 몸매가 더욱 도드라져 보였다. 그리고 그런 사실이 용병들을 흥분시키는 것 같았다.

"흐흐흐, 겁먹지 말라고."

"아악! 살려주세요! 제발 살려주세요!"

"누가 죽인대? 얌전히 시키는 대로만 하면 괜찮을 거야."

들뜬 용병들의 비릿한 웃음과 여자들의 거친 비명이 황야의 고요를 지저분하게 만들었다.

"큭큭, 이년은 대장 몫입니다."

한 용병이 뽀얀 피부의 여자를 끌고 왔다.

특히 탐스러운 금발이 제법 고귀한 집안의 핏줄처럼 보였고, 용병 대장은 만족스럽다는 듯 히죽 웃었다.

그렇게 세 개의 마차 문이 열리며 열두 명의 여자가 용병에게 나눠졌다.

용병 대장은 한 손으로 여자의 허리를 끌어안고 혓바닥으로 얼굴을 핥았다. 여자는 기겁을 하며 반항했지만 남자의 거친 힘을 당할 순 없었다.

그때 뒤늦게 한 용병이 여자를 끌어냈는데, 이제 겨우 열서넛 정도로 보이는 소녀였다.

충격을 받은 듯 약간은 멍한 눈빛이었는데 아무리 봐도 돌아가는 상황을 모르는 것 같았다.

용병은 소녀의 상태는 개의치 않는 듯 그저 탐욕스러운 표정으로 손을 끌었는데, 하필 레인이 엎드린 바위 쪽으로 향하고 있었다.

그때까지도 레인은 고민을 하고 있었다.

갑작스러운 상황에 동요한 것도 있지만 뭘 어떻게 해야 할지 판단이 서지 않았던 것이다.

그때 용병이 어린 소녀를 밀쳐 넘어뜨리고 그 위에 올라탔다. 그리고 서둘러 혁대를 풀고 바지를 끌어내렸다.

용병의 탐욕스러운 눈빛, 그리고 멍한 표정의 소녀.

'이건 아니다.'

누군가가 마음속에서 소리치고 있었다.

순간 뜨거운 것이 치밀어 올랐고, 심장의 고동 소리가 급격히 빨라졌다.

레인은 왼손의 반지에 정신을 집중했다.

약간 둥근 형의 얼굴에 각이 잡혔고, 광대뼈가 튀어나오면서 위협적인 인상으로 바뀌었다. 거기다 몸이 부풀어 오르며 탄탄한 근육질로 변했다.

바로 파리앙 자작가의 기사 데콘의 모습이었다.

막 소녀의 옷을 벗기려는 용병은 옆에서 들린 소리에 본능적으로 고개를 돌렸다. 그리고 자신의 머리를 붙잡는 우악스러운 손을 볼 수 있었다.

CHAPTER 10
암살자들의 습격

Emperor
Sword

“끄윽, 끅.”

억지로 짓누르는 듯한 신음 소리가 조심스럽게 비어져 나
왔다. 소음의 주인공은 다른 용병들의 눈치에 고개를 숙여야
했다.

잠시 후 다른 곳에서 소리가 울렸고, 또 용병들의 원망 어
린 시선이 움직였다.

그들은 마치 항거할 수 없는 뭔가를 두려워하는 것 같았다.

사실 상황은 아주 독특했다.

네 개의 마차로 사방을 막고 그 중간에 이글거리는 불꽃이

피어나고 있었다.

거길 중심으로 무릎 꿇은 용병들의 대열이 반원을 그렸고, 그 바깥에는 여자들이 눈치를 보며 쉬고 있었다.

타닥, 탁.

장작 하나가 스스로 몸을 쪼개며 불티를 뿌렸다.

레인은 약간 무심한 표정으로 고개를 들었다.

용병들의 상태는 처참했다. 마치 거대한 전쟁을 치르고 돌아온 패잔병들 같았다.

'좀 과했나?'

순간적인 감정과 조급함을 이기지 못한 레인은 무방비 상태의 용병들에게 무지막지한 폭력을 휘둘렀다.

그들은 폭풍에 휘말린 양들처럼 재해를 맞이해야 했다.

레인은 약간 무심한 태도로 용병들을 살폈다.

절반 정도는 겉으로는 멀쩡하게 보였지만 골병이 들어 있었고, 나머지는 사람 구실을 하기 힘들어 보였다.

그런 상황에서도 그들은 뭔가를 기대하는 눈빛이었다.

상대가 틈을 보이면 달려드는 승냥이처럼 레인의 눈치를 보면서도 미묘한 신경전을 하고 있는 것이다.

'역시 쓰레기들인가?'

레인은 노골적으로 불쾌한 표정을 지었다.

침묵은 그리 길지 않았다.

"그라판이라고 했나?"

"예."

용병 대장의 입에서 공손한 대답이 나왔다.

다른 용병들은 레인 입에서 어떤 말이 나올지 궁금했지만 감히 고개를 드는 데 필요한 용기조차 낼 수 있는 자는 아무도 없었다.

"묻겠다. 너희들은 정식 용병단이 맞느냐?"

"예, 맞습니다. 제 이름을 따서 그라판 용병단이라고 길드에 등록되어 있습니다."

"내가 그걸 물었다고 생각하나?"

레인의 날카로운 살기에 그라판은 숨이 멎는 걸 느꼈다.

"용병은 욕을 먹더라도 자신의 일에 자부심을 가진다. 계약을 지키기 위해 노력한다는 말이다."

"아직 계약은 지켜지고 있습니다."

그라판의 말에 레인이 천천히 자리에서 일어났다.

"너희들은 내가 누군지 아느냐?"

"제시트 상단주의 기사단장이라고 알고 있습니다."

레인은 그라판의 오해를 이용하기로 마음먹었다.

사실 이들을 쫓아오며 많은 고민을 했다. 그러면서 했던 수많은 생각 중에 하나가 데콘의 모습으로 이들을 속이는 것이었다.

레인은 아가 용병들의 대화를 떠올리며 말했다.

"이번 일은 정말 중요하다. 하지만 제시트 상단이 연관되어 있다는 게 알려져선 곤란해. 그래서 일부러 너희들을 쓰고, 자작가의 기사 다섯을 포함시켰던 거다."

"알고 있습니다."

"그런데 그 입으로 계약이 지켜지고 있다고 말할 수 있느냐?"

"계약서대로 노예들도 무사하고, 마차는 멀쩡합니다. 단지 몬스터의 습격을 받아 기사들이 죽었지만 우리는 여전히 물건을 이송하고 있습니다."

그라판의 뻔뻔스러운 태도에 레인은 진심으로 이들을 다 죽여 버릴까 하는 생각을 했다.

하지만 아직은 알아야 할 것이 있었다.

"확인을 하겠다."

그라판은 자리에서 일어나 여자 노예들에게 다가갔다. 그리고 열셋이라는 숫자를 센 뒤 유일하게 문이 닫힌 마차를 향해 움직였다.

"노예의 숫자는 정확합니다. 그리고 잘 아시다시피 이 마차는 저희가 손을 댈 수 없습니다. 안에 무엇이 있는지도 모르고요."

레인은 그 마차에 가장 중요한 것이 있음을 본능적으로 깨달았다. 그래서 직접 마차를 살피기로 마음먹었다.

겉으로는 평범한 마차로 보였지만 아니었다. 내부는 단단한 철판이 정교하게 맞물려 있었고, 그 흔한 출입문조차 존재하지 않았다.

레인은 그라판을 쳐다봤다.

"열어라."

"열쇠는 이미 벨로슨에게 전해졌다고 알고 있습니다."

레인은 흠칫 놀랐지만 애써 태연한 표정을 지으며 말을 돌렸다.

"잘 알고 있군. 좋다, 계약은 아직 유효하다. 하지만 너희들이 제시트 상단의 물건에 손을 대려 한 죄가 있다."

"저희들이 어떻게 했으면 좋겠습니까?"

이미 레인을 어찌할 수 없다는 걸 몸소 겪었기에 그라판은 고개를 숙였다.

레인도 약간 혼란스러움을 느꼈다. 감정이 앞서 나서긴 했지만 미처 이런 경우까지는 생각해 보지 못한 것이다.

그때 그라판이 조심스럽게 말했다.

"보수는 절반만 받겠습니다. 그리고 계약대로 바빌로 가겠습니다."

잠시 생각하던 레인은 결국 고개를 끄덕였다.

마차는 순조롭게 움직이고 있었다.

용병들의 부상 때문에 다음 마을에서 하루를 더 쉬어야 했지만 꾸준히 바빌로 이동하는 중이었다.

그사이 레인은 여러 가지를 알아봤다.

우선 용병들이 기사들을 죽인 건 우발적인 사건이었다.

하루살이 용병들이 당장 품을 수 있는 여자 노예를 두고 참는 건 힘든 일이었다.

하지만 기사들은 끝내 허락하지 않았고, 오히려 마을에 들러 휴식을 취할 때 자신들은 술집에서 즐기면서도 용병들에겐 마차를 지키게 했다.

그렇게 쌓인 불만은 야영을 하게 되면서 더욱 커졌다.

손끝 하나 까딱하지 않는 기사들은 사사건건 핑계를 대면서 용병들을 무시했다.

결국 용병대장인 그라판은 자신의 용변단이 가진 불만을 해소하기 위해서 기사들을 기습했다.

물론 여자 노예들에 대한 욕망도 한몫했을 것이고.

레인은 그 부분에 대해 더 따지지 않았다.

어차피 그 기사들은 파리앙 자작성에 있어도 죽을 운명이었고, 용병들의 말이 다소 과장된 걸 감안하더라도 어느 정도 납득이 되었다.

레인 스스로도 용병 생활을 했었으니까.

'그나저나 바빌에 도착해도 문제군.'

한동안 고민하던 레인은 의외로 간단한 결론을 내렸다.

우선 바빌에 도착하면 정보 길드를 통해 트라시온 황자에게 연락을 한다. 그 뒤 지시대로 움직이면 되는 것이다.

그동안은 저 마차를 자신의 시선에서 떼어놓지만 않으면 되었다.

하지만 모든 일은 생각대로 진행되지 않았다.

"모두 확인했다."

마차의 상태를 확인한 벨로슨은 기분이 좋은 듯 미소를 짓더니 레인을 힐끗 쳐다봤다.

"따라와. 대금을 지불하지."

레인은 말없이 벨로슨의 뒤를 쫓으며 상대를 분석했다.

마흔 중반 정도의 나이에 약간 배가 나온 몸집이었는데, 상당한 수련을 겪은 듯 움직임이 가볍고 자연스러웠다. 또 신기할 정도로 발걸음 소리가 나지 않았다.

아무래도 탐욕스러운 인상으로 진면목을 감추고 있는 것 같았다.

출입문을 제외하고 사방이 막힌 방에 들어간 벨로슨은 곧 천장에 있는 줄을 잡아당겼다.

레인은 혹시나 있을 위험을 생각하며 긴장했다.

잠시 후, 두 명의 시녀가 작은 상자를 힘겹게 들고 왔다.

"약속한 것보다 더 넣었으니 불만은 없을 거야."

상자가 열리자 황금빛이 눈을 어지럽혔다. 언뜻 봐도 수만 골드는 되어 보이는 금괴가 가지런히 놓여 있었다.

"그건 그렇고, 제시트는 잘 지내나?"

벨로슨의 기습적인 질문에 레인은 잠시 당황했다. 하지만 대답이 늦지는 않았다.

"그런대로 잘 지내고 있습니다."

"하는 일은?"

레인은 미첼에 관한 일임을 단번에 알아차렸다.

"아마 한두 달 내로 좋은 소식이 있을 것 같습니다."

"그렇다면 다행이군. 하지만 그 모든 일이 스스로의 능력으로만 된 것이 아님을 잊지 말라고 하게."

"예."

레인은 짧게 대답하고 상자 뚜껑을 닫았다.

"그런데 그걸 직접 들고 갈 생각인가? 불편하다면 따로 사람을 붙여주겠네."

"아닙니다. 제가 직접 움직이는 게 마음이 놓입니다."

벨로슨은 고개를 저으려다 멈칫하더니 빙긋 미소를 지었다.

"그래, 자네가 알아서 잘하겠지. 그건 그렇고, 숙소는 잡았는지 모르겠군."

"그건 용병들이 알아서 하기로 했습니다. 어차피 보수를
지급해야 하니까요."

순간 벨로슨의 왼쪽 눈썹이 살짝 올라갔다. 그리고 뭔가를
생각하는 듯 미간을 찌푸리더니 고개를 끄덕였다.

"그럼 나가보게."

"예."

레인은 상자를 안은 채 시녀들의 안내를 받아 바깥으로 나
갔다.

잠시 후, 의외의 인물이 방 안으로 들어왔다.

여자 노예들과 함께 있던, 약간 정신이 나간 것처럼 보이는
어린 소녀였다.

벨로슨은 소녀를 보자마자 무릎을 꿇었다.

"메라님, 오시는 동안 불편하지 않으셨습니까?"

소녀는 천진한 얼굴로 빙긋 웃었다.

"아니, 의외로 재밌었어."

"죄송합니다. 제가 직접 모셨어야 하는데."

벨로슨은 정말 죽을죄를 지은 사람처럼 표정을 바꾸었다.

메라는 손으로 머리카락을 쓸어 올렸고, 그 짧은 시간 동안
모습이 바뀌었다. 순진한 소녀의 얼굴에 요염함이 넘쳤으며
몸매의 굴곡 또한 성숙해진 것이다.

그 놀라운 변화를 보고서도 벨로슨의 얼굴은 가면을 쓴 것처럼 움직이지 않았다.

"조금 이상한 걸 느꼈습니다. 아까 그 데콘이란 기사는 분명 제시트의 충복으로 알고 있습니다."

"그런데?"

"제시트는 일을 끝낸 용병들을 저희가 입막음할 걸 알고 있었을 텐데요?"

메라는 피식 웃으며 간단히 대꾸했다.

"데콘도 같이 죽이라는 의미겠지."

"아! 그렇군요. 역시 듀크이신 메라님이십니다. 그럼 일은 그렇게 처리하도록 하겠습니다."

"그래. 최대한 흔적을 지워. 혼돈의 바람은 무엇으로도 짐작할 수 없어야 하니까."

"명심하겠습니다."

벨로슨은 그렇게 대답한 뒤 미소를 지었다.

*　　*　　*

바빌의 정보 길드를 찾는 건 의외로 어려웠다.

일정 규모 이상의 도시마다 정해진 규칙에 따라 지부를 마련했고, 레인은 그런 곳을 뒤졌다.

문제는 바빌이 아주 혼란스러운 도시라는 점이었다.

제국 중부에서 다섯 손가락 안에 들어가는 상업도시였고, 그만큼 귀족들의 출입이 많았다.

덕분에 치안 유지에 들어가는 병사들도 늘어나 결국 정보 길드 같은 어둠에 속한 조직들은 더욱 구석으로 밀려나고 말았던 것이다.

"겨우 찾았군."

레인은 보석상의 간판에서 포 리버 길드의 마크를 확인하고 한시름을 놓았다.

이번에는 스토브와 첫 대면했을 때와는 달리 아주 조용히 용무를 마칠 수 있었다.

최근 길드의 최상급자 중 한 명이 지방 길드를 쑥대밭으로 만들었다는 소문이 빠른 속도로 퍼졌기 때문이다.

레인은 황금이 든 상자를 맡기고, 동시에 트라시온 황자에게 소식을 전했다.

"그 외 다른 필요한 건 없으십니까?"

보석 세공사로 가장한 청년의 말에 레인은 잠시 멈칫했다.

"최근의 갑작스러운 변화 같은 정보가 있나?"

"글쎄요. 바빌은 워낙 시끄러운 곳이라서 세부적인 요청이 아니라면 정보의 숫자가 엄청납니다. 어제 하루 동안 있었던 사건만 본다고 해도 책 한 권은 거뜬히 넘어가거든요."

　농담인지 진담인지 구분하기 힘든 말에 레인은 피식 웃음
을 터뜨렸다.

　"왠지 치안이 좋지 않다는 말로 들리는데?"

　"그건 사실이죠. 겉으로는 많은 병사들이 돌아다니지만,
뒷골목은 얼씬도 하지 않거든요. 그쪽을 관리하는 조직이 도
시의 상층부와 선이 닿아 있어서 서로 모르는 척하는 게 관례
처럼 되어 있습니다."

　보석 세공사이자 정보원은 갑자기 목소리를 낮추었다.

　"이곳에 무슨 볼일이 있는지는 모르겠습니다만 당분간은
조심하는 게 좋습니다."

　"왜?"

　"최근에 신분이 밝혀지지 않은 고위 귀족들이 대거 바빌로
들어왔습니다."

　레인의 머릿속에 벨로슨의 모습이 떠올랐다.

　'역시 그 마차 안에 있는 것 때문인가?'

　아무리 생각해도 답은 그것밖에 없었다.

　잠시 고민하던 레인은 몇 가지 부탁을 남긴 뒤 보석상을 빠
져나왔다.

　해는 이미 성벽 너머로 기울어 긴 그림자가 도시를 서서히
잠식해 들어오고 있었다.

　"우선은 정리할 것부터 처리해야겠어."

다시 데콘의 모습으로 변한 레인은 용병들과 약속한 바빌 외곽의 여관으로 향했다.

바깥에서도 들릴 정도로 용병들의 노랫소리는 시끄러웠다.

레인이 안으로 들어서자 흥겨운 소란은 일시에 중단되고 말았다.

그라판은 용병들에게 눈짓을 하고는 레인과 함께 위층에 마련된 방으로 올라갔다.

"이 정도면 충분하겠지?"

레인이 내민 건 두 개의 금괴였다.

사실 정확한 의뢰 금액을 몰라 상자에서 적당히 들고 온 것이었다.

금괴를 본 그라판의 눈빛이 흔들렸다.

솔직히 절반만 받겠다고 했을 때는 많이 아쉬웠다. 하지만 그 상황에서는 어떻게든 계약을 완수해야 했다.

죽은 용병의 가족에게 돈을 지급해야 했고, 부상자도 많아 한동안은 일을 쉬어야 했으니까.

가장 중요한 건 계약을 이어가야 기사들의 죽음에 대한 추궁도 피할 수 있다는 점이었다. 기사들의 책임자가 인정하는 순간, 임무 수행 중의 불상사로 처리되는 것이다.

그라판은 곧 정신을 차렸다.

"과분한 보수입니다."

"됐어. 받아."

레인이 금괴를 내밀자 그라판은 더 망설이지 않았다.

"그럼 감사히 받겠습니다."

"명심해. 비록 무시받는 용병이라 할지라도 물건을 보호하는 계약을 했으면 끝나기 전까지 손을 대선 안 돼. 그리고 노예라고 함부로 다뤄서도 안 되고."

그라판은 약간 혼란스러운 표정이었지만 곧 레인을 향해 고개를 숙였다.

"그런데 그 돈으로 뭘 할 생각이지?"

"우선은… 여자를 사야죠. 물론 적절한 보수를 지급한 다음에 말입니다."

"뭐, 내가 관여할 일은 아니니 알아서 하라고."

레인이 나가보라는 듯 손을 흔들었다.

그라판은 문 앞에서 멈칫하더니 몸을 돌려 레인을 쳐다봤다.

"그런데 정말 이상하군요."

"뭐가?"

"이번 일, 비밀스러운 의뢰 아니었습니까?"

그라판은 자신들이 기사들을 죽였음에도 레인이 별다른 말을 하지 않는 게 마음에 걸렸다.

그게 입막음 때문이라면 이대로 도망칠 생각이었고, 혹시나 레인의 반응을 보기 위해 떠본 것이다.

하지만 레인은 대수롭지 않다는 표정을 지었다.

"어차피 계약은 끝났어. 보수도 지급했고. 그 이상 신경 쓰는 건 용병에게 사치라고."

"그렇긴 합니다만……."

레인에게 의심할 만한 구석이 보이지 않았지만 그라판은 찝찝함을 느끼며 방을 나섰다.

잠시 후, 여자 종업원이 가지고 온 저녁 식사와 술을 마신 레인은 침대로 들어갔다.

며칠 만에 가지게 된 편안한 잠자리가 깊은 숙면으로 인도했다.

하지만 오래가진 않았다.

"끄아악!"

짧고 날카로운 비명 소리에 레인은 눈을 떴다.

그때 갑자기 문이 벌컥 열렸고, 누군가가 안으로 뛰어들어왔다.

레인은 본능적으로 이불을 띄운 뒤 아래로 굴렀고, 동시에 무장을 챙겼다.

펄럭인 이불이 떨어지자 레인의 모습이 드러났다.

마침 방 안에 뛰어들어 온 불청객이 흔들리는 눈빛으로 입을 열었다.

"아니… 었나?"

"그라판?"

"제길. 일이 어떻게 돌아가는 거야."

그라판은 몸을 다시 문 쪽으로 돌렸다.

그 순간, 그라판의 등에서 검이 튀어나왔다가 사라졌다.

푸확!

뿌려진 피가 하얀 침대에 선명한 무늬를 만들었다.

그라판의 육체가 스르륵 무너지더니 바닥에 쓰러졌다. 마지막까지 억울함이 가득한 표정을 지은 채 목숨을 잃고 만 것이다.

그 앞에 모습을 드러낸 건 검은 복면의 사내였다.

"아직 남아 있는 녀석이 있었나?"

복면의 암살자는 검을 휘둘러 묻은 피를 털고는 레인을 향해 움직였다.

그리고 보았다.

눈동자 깊숙한 곳에 있는 분노의 불길을.

동시에 레인이 움직였다.

콰앙!

요란한 굉음과 함께 벽이 터져 나갔다.

아래층을 정리하고 위쪽으로 올라오던 암살자는 갑작스러
운 상황에 인상을 찌푸렸다.

돌무더기 사이로 보이는 검은 옷.

그건 동료의 것이었고, 있을 수 없는 일이었다.

다시 고개를 든 암살자는 뚫려진 구멍으로 튀어나온 레인
을 발견했다.

오랜 수련의 결과 몸이 먼저 반응했다.

암살자의 단검은 레인과의 최단 거리를 유지하며 빠른 속
도로 쏘아졌다.

살짝 몸을 숙인 레인이 바닥을 박찼다.

번쩍.

뭔가 붉은 실이 암살자의 몸을 스치고 지나갔다.

레인이 몸을 일으키는 순간, 불신으로 가득 찬 암살자의 눈
동자가 생기를 잃어버렸다.

털썩 하는 소리를 뒤로하고 레인은 아래층으로 향했다.

바닥은 엉망이었다.

한참 즐기는 도중이었는지 술병이 곳곳에 깨져 있었고, 용
병들의 시체도 불규칙적으로 나열되어 있었다.

마치 정지된 풍경화를 보는 것 같은 기분이었다.

유달리 겁이 많던 용병도, 저녁을 가져다준 여자 종업원도
그사이에 그림의 귀퉁이에 자리 잡고 있었다.

레인은 이를 악물었다.

화르르륵!

갑자기 부엌 쪽에서 화염이 치솟아올랐다.

미리 준비한 듯 불길은 순식간에 번졌고, 빠른 속도로 아래층을 태우기 시작했다.

"제길."

레인은 잔뜩 인상을 찌푸린 채 위층으로 향했다.

갑자기 일어난 화재는 작은 주점 겸 여관을 순식간에 휘감아 버렸다.

인근에 사는 이들은 서둘러 뛰어나와 불길을 잡기 위해 움직였다. 다행히 근처를 순찰하던 경비병들의 도움 덕에 더는 번지지 않을 것 같았다.

한 골목이 떨어진 곳의 건물 지붕에 화재 현장을 지켜보는 눈들이 있었다.

"어떻게 된 거지?"

암살조의 조장이 확인을 위해 몇 번이고 세었지만 숫자는 더 늘어나지 않았다.

"칠호와 구호가 당한 것 같습니다."

수하의 대답에 조장은 어이없다는 표정을 지었다.

"지금 그걸 말이라고 하는 거냐? 고작 술 취한 용병들 따위에게 둘이나 잃었다고?”

“그래, 고작 용병 따위지.”

갑자기 들린 목소리에 조장이 움직였다.

눈 깜짝하는 속도보다 빠르게 몸을 회전시키며 검을 휘두른 것이다.

검은 애꿎은 허공만 갈랐다.

“컥!”

짧은 신음이 뒤에서 들리자 조장은 또다시 몸을 돌렸다.

눈에 보이는 건 가슴에서 피를 뿌리며 쓰러지는 세 명의 조원이었다.

“대체 뭐……?”

상대의 모습은 마치 어두운 밤 구름 사이로 숨은 달빛처럼 선명하지 않았다.

그저 흐릿한 그림자가 지나가고 수하들의 몸이 산산이 조각나는 게 전부였다.

불과 수 초.

지붕에 남은 건 자신과 악몽같이 흐릿한 그림자였다.

조장은 본능적으로 자신이 상대할 수 없음을 깨닫고 최후의 수단을 준비했다.

그림자가 다가왔다.

조장은 뒤로 뛰어오르며 검을 길게 휘둘렀다.

적어도 검이 존재하는 거리만큼 공간이 확보될 것 같았다.

그 짧은 시간이면 충분히 독을 삼킬 수 있었다.

콰지직.

소리는 바로 머릿속에서 울렸다.

동시에 입안에서 뜨거운 열기가 느껴졌고, 비릿함이 뒤를 이었다.

의식을 잃고 쓰러지던 조장은 밤하늘에 흩날리는 하얀 조각들을 볼 수 있었다.

그건 바로 독이 숨겨진 자신의 이빨이었다.

Emperor Sword

CHAPTER 11
경매가 시작되다

Emperor
Sword

“조용한 곳이 필요해.”

보석 세공사 겸 정보 길드원은 당황할 수밖에 없었다.

낮에 왔다 갔던 사내가 검은 덩어리를 끌고 왔는데, 아무래도 살아 있는 인간 같았다.

정보원은 의문을 갖기보다 장소를 제공했다. 보석상의 지하실로 안내한 것이다.

레인은 정보원을 내보낸 뒤 암살조장의 입에 한 뭉치의 천을 쑤셔 박았다.

혈도를 풀자 그제야 암살조장의 눈동자가 흔들리기 시작

했다.

"난 정말 이런 걸 좋아하지 않아. 배울 때는 제발 쓸 일이 없길 빌었지."

레인의 태연한 말이 암살조장을 더욱 두렵게 만들었다.

고문에 대한 숱한 훈련을 마쳤음에도 왠지 자신감이 사라질 정도였다.

"그럼 시작한다."

레인은 암살조장의 팔목을 잡았다.

약간의 독 기운이 혼합된 레인의 내공이 그의 몸속을 누비기 시작했다.

*   *   *

벨로슨은 불쾌한 표정이었다.

돌아와야 할 이들이 돌아오지 않았다. 보고를 받아야 함에도 오직 밤의 침묵이 지속되고 있었다.

"무슨 일이 생긴 건가?"

그렇게 어려운 임무도 아니었다.

흔적을 정리하는 것. 그건 흔히 하는 일 중의 하나였고, 지금껏 한 번도 실수가 없었던 것이다.

벨로슨은 약간 초조해하며 기울어진 달을 쳐다봤다.

하지만 달은 이전과 마찬가지로 어떤 답변도 해주지 않은 채 그저 아침을 향해 달아날 뿐이었다.

"잠이 오지 않나?"

갑자기 들린 목소리를 향해 벨로슨의 시선이 움직였다.

검은 그림자에 둘러싸인 여자가 벽에서 모습을 드러내었다.

"일에 차질이 생긴 것 같습니다."

"아이들이 돌아오지 않은 모양이군."

"예."

벨로슨은 담백하게 사실을 고백했다.

메라의 미간에 살짝 주름이 잡혔다.

"교육이 부족했나?"

"그들의 실력은 제가 보증할 수 있습니다."

"하지만 돌아오지 않았잖아."

메라의 목소리는 천진한 아이처럼 바뀌어 있었다.

그때 문을 두드리는 소리가 들리고, 시녀 하나가 안으로 들어왔다.

"일이 마무리되었다고 합니다."

굳어 있던 벨로슨의 표정이 풀어졌다. 하지만 의문은 여전히 남았다.

"아이들은 어떻게 됐느냐?"

"지금 조직들을 동원해 흔적을 찾고 있습니다만 아직 확인
하지 못했습니다."

시녀는 그렇게 보고를 마치고 돌아갔고, 벨로슨은 더욱 혼
란스러워해야 했다.

"신경 쓰지 마. 어차피 흔적이 깨끗하게 지워졌으니 아무
문제 없잖아."

"그렇기는 합니다만 뭔가가 자꾸 거슬리는군요."

벨로슨은 여전히 불쾌함을 버리지 못하는 모습이었다.

"그나저나 경매가 언제라고 했지?"

"이틀 뒤에 파티를 열 생각입니다. 다행히 준비는 거의 완
벽하게 끝났습니다."

"확인은 했어?"

벨로슨은 그제야 자신감이 생긴 듯 미소를 지었다.

"예. 이번 물건은 정말 확실합니다. 아마 제가 한 거래 중
에 최고의 가격을 기록할 것 같습니다."

"하긴 추악한 인간들이 가장 원하는 것 중에 하나를 이룰
수 있으니, 돈을 아끼지 않을 귀족들이 많을 테지."

"그럼으로써 조직은 더욱 발전해 나갈 겁니다."

두 사람의 대화는 더 이어지지 않았다.

확인을 마친 메라가 사라졌고, 벨로슨은 또다시 기다림을
맞이해야 했으니까.

　　　　　＊　　　　＊　　　　＊

　세상에는 다양한 종류의 경매가 있다.

　가장 유명한 것 중 하나는 바로 마탑에서 주관하는 아티펙트 경매였다.

　그다음으로 고대시대의 유물에 대한 경매였는데, 거의 천문학적인 금액으로 거래가 이루어지고 있었다.

　그 외 뛰어난 대장장이가 만든 무기라든지 특수하게 세공된 보석, 그리고 특별한 만족을 위한 노예 경매가 있었다.

　물론 위의 경매들은 합법적이었다.

　경매를 주관하거나 참여를 하더라도 아무런 문제가 없는 것이다.

　문제는 바로 '어둠의 경매' 였다.

　도굴된 유물이나 출처를 밝히기 어려운 장물, 제국과 우호를 맺은 유사 종족을 나포해 노예로 만든 경우는 정상적인 거래가 불가능했다.

　그럴 때 이들이 이용하는 것이 바로 어둠의 경매.

　제국은 절대 이를 허용하지 않았다.

　그 존재만으로 불법을 부추기고 있었고, 가장 중요한 이유는 세금이었다.

정상적인 경매는 금액의 일부를 세금으로 부과해 나라에서 거두어간다.

하지만 어둠의 경매는 구하기 힘든 물건들이 많은 만큼 거래 금액이 엄청나게 높으면서도 나라에는 어떤 도움도 되지 않는다.

경매의 주관자와 물품의 주인이 경매 금액을 일정 비율에 따라 나누어 가지는 것이다.

문제는 그것만으로 끝나지 않는다는 점이다.

어둠의 경매는 공식적으로 존재하지 않기에 공식적이지 않은 자금을 써야 한다.

그 액수가 큰 만큼 쉽게 충당하기는 어려웠다. 그래서 귀족들은 다른 이름으로 상단을 만들고, 가짜를 세워 조직을 만들어 나라에서 파악하지 못하는 수익을 거뒀다.

이런 악순환이 반복되고 귀족들의 착복이 커질수록 나라가 위태로워지는 건 불을 보듯 뻔한 일이었다.

제국은 이에 대해 철저히 대응하고 있었다.

어둠의 경매 주관자는 무조건 사형, 출품자는 그 액수에 따라 감옥에 가거나 노예가 되는 처벌이 내려졌다.

마지막으로 경매에 참가하는 자는 그 액수의 다섯 배에 달하는 벌금이 매겨졌다.

말이 좋아 다섯 배지 어지간한 귀족 가문을 몰락시키기에 충분한 액수였다.

그 때문에 경매장으로 들어서는 이들은 저마다 신분을 감추기 위해 가면을 쓰고 있었다.

그 숫자는 대략 스물. 하지만 누구 하나 평범해 보이는 귀족은 없었다.

참여자들은 서로 눈치를 보면서 조용히 자리에 앉았다.

잠시 후, 정면의 막이 걷히며 벨로슨이 나타났다.

"이렇게 저희 파티에 방문해 주신 분들께 진심으로 감사드립니다. 저는 오늘 행사를 주관할 벨로슨이라고 합니다."

정중하게 고개를 숙인 인사였지만 당연하다는 듯 누구도 반응하지 않았다.

벨로슨 역시 기대를 하지 않은 모양이었다.

"오늘의 경매에 단 세 가지 물품이 올라옵니다. 모두 희귀하고 대단한 것들이라 저는 자신있게 말하겠습니다, 로일드 폰 테일론 황제라도 가질 수 없는 거라고."

황실모독죄를 적용해 당장 사형을 내려도 이상하지 않을 발언이었다. 하지만 상당수의 귀족들은 오히려 눈을 빛내며 기대감에 들뜬 표정을 짓고 있었다.

"서론이 길면 지겨운 법이죠. 그럼 첫 번째 경매를 시작하겠습니다."

벨로슨이 손짓하자 무대의 바닥이 갈라졌고, 커다란 유리관이 올라왔다.

"오오, 맙소사!"

"저게 실제로 존재하다니!"

귀족들은 자신도 모르게 탄성을 터뜨렸다.

벨로슨은 만족스러운 표정으로 유리관을 가리켰다.

"발틴 제국의 최북부에 산다는 나크족의 전설에 대해 다들 아실 겁니다."

유리관 안에는 눈처럼 하얀 피부에 하늘색 머리카락을 가진 여자가 발가벗겨진 채로 있었다.

특히 푸른빛이 감도는 회색의 눈동자는 무척 신비로워 보는 이를 빠져들게 했다.

몇몇 귀족들은 탐욕스러운 눈빛을 거두지 못한 채 벨로슨의 설명을 들었다.

"나크족 여자는 평생 한 남자만 섬기고 삽니다. 또 상당히 호전적인 성격인데, 그에 걸맞은 능력을 가지고 있어 어지간한 짐승 정도는 손쉽게 제압할 수 있습니다."

벨프스의 말이 끝나자 무대 위쪽에서 밧줄에 묶인 사자가 내려왔다. 그리고 유리관 안에서 밧줄이 풀려 버렸다.

나크족 여자는 사자를 보자마자 눈빛이 달라졌다. 전투를 위해 순식간에 자세를 낮추더니 살기를 뿜어낸 것이다.

사자 역시 만만한 상대가 아님을 깨달았다.

슬금슬금 눈치를 보던 사자가 우렁차게 소리치며 바닥을 박찼다.

하지만 나크족 여자가 더 빨랐다.

갑자기 하얀 손톱이 한 뼘이나 자라더니 날카로운 갈퀴처럼 사자를 향해 휘둘러졌다.

크허허헝!

비명과 함께 사자의 배가 쩍 갈라졌다.

잠시 꿈틀거리던 백수의 왕은 곧 힘을 잃고 고개를 떨어뜨리고 말았다.

상대가 없어서일까?

나크족 여자는 다시 몽롱한 눈빛으로 정면을 쳐다봤다.

"감상이 어떠십니까? 다시 설명을 드리면 나크족 여자는 오직 한 남자만을 섬기기에 밤의 봉사 또한 적극적이고 순종적입니다. 또 위험할 때는 저 사자를 단숨에 죽인 것처럼 오직 당신만을 위해 싸워줄 것입니다."

벨로슨의 말이 끝나자 아랫배가 튀어나온 귀족 하나가 손을 들었다.

"묻고 싶은 게 있다. 저런 무시무시한 여자를 어떻게 길들인단 말이냐?"

"이미 충분한 정신 제압이 되어 있습니다. 그리고 낙찰자가 원하신다면 저희 쪽의 마법사가 직접 세뇌 작업까지 해드릴 겁니다.”

귀족은 여전히 불쾌한 목소리로 소리쳤다.

“그럼 내 말보다 마법사의 명령을 우선하겠군. 난 내 옆에 저런 무시무시한 괴물을 두고 싶지 않아.”

벨프스는 그런 귀족을 향해 빙긋 웃었다.

“타르민 백작님, 저희 물품에 그렇게 불만이 많으시다면 경매에 참여하지 않아도 좋습니다.”

자신의 신분이 발각되자 타르민 백작이라 불린 귀족은 크게 당황해했다.

만일을 대비해 측근들에게도 알리지 않고 믿을 수 있는 기사만을 대동해 바빌로 왔다. 그리고 혹시나 싶어 경매가 시작되기 전까지 여관을 벗어나지 않았다.

그럼에도 벨로슨은 정확히 자신의 이름을 호명했으니 놀라는 게 당연했다.

그건 타르민 백작을 제외한 다른 귀족들도 마찬가지였다.

“아아, 오해하지 마십시오. 저희는 비밀을 지키기 위해, 그리고 보다 원활한 경매를 위해 약간의 조사를 한 것뿐입니다.”

귀족들은 불안감에 흔들리는 눈빛을 보였다.

“전혀 걱정하실 필요 없습니다. 이번 경매뿐 아니라 앞으로 있을 경매도 무궁무진합니다. 그러니 최고의 고객이신 여

러분께 피해가 되는 행동을 할 리가 없지 않습니까? 안심하셔
도 좋습니다."

벨로슨은 말을 마치고 다시 경매를 진행했다.

"그럼 나크족의 경매는 이천 골드부터 시작하겠습니다."

어마어마한 시작가에 몇몇 귀족들의 안색이 하얗게 바뀌
었다.

이천 골드면 어지간한 기사단을 운용할 수 있는 금액이다.
그걸 단지 희귀한 노예를 위해 쓴다는 건 쉽게 납득할 수 없
는 일이었다.

하지만 그렇지 않은 귀족들도 있는 모양이었다.

"나크족 여자는 사천오백 골드를 부르신 저분께 낙찰하도
록 하겠습니다."

벨로슨의 말이 끝나자 몇몇 귀족들이 부러움과 질투에 찬
눈빛을 보냈고, 반대로 낙찰받은 귀족은 승리자의 미소를 지
었다.

"그럼 두 번째 경매를 시작하겠습니다."

벨로슨의 말을 시작으로 귀족들은 새로운 물품에 관심을
기울였다.

벨로슨은 경매를 잠시 중단시켰다.

잠깐의 휴식은 필요했다. 마지막 경매에 대한 기대감을 높

이고 엄청난 낙찰 금액을 감당하지 못하는 귀족들을 미리 정리하기 위해서였다.

약간의 장애는 있었지만 두 번째 경매까지 순조로웠다.

그래서 밝은 표정을 짓던 벨로슨은 갑자기 들어온 시녀의 말을 믿을 수 없었다.

"뭐라고 했느냐?"

"파리앙 자작령의 일이 실패했다고 합니다."

시녀는 방금 들어온 정보에 대해 자세히 설명했다.

미첼 론 파리앙이 자작 가문을 계승했고, 제시트를 비롯한 이들을 모조리 숙청했다는 것이다.

가만히 시기를 확인해 보니 뭔가 걸리는 게 있었다.

"데콘이라고 했던가?"

벨로슨은 자신이 속았음을 깨달았다, 아울러 암살자들이 돌아오지 않는 이유도.

"황제의 개가 냄새를 맡은 건가? 아니야. 이번 일은 완벽했어."

말은 그렇게 했지만 불안감이 드는 건 사실이었다.

잠시 고민하던 벨로슨은 결정을 내렸다.

"이번 경매를 끝으로 여기 사업장을 철수시켜야겠군. 아무래도 낌새가 이상해."

벨로슨은 시녀를 불러 몇 가지 명령을 내린 뒤 다시 경매장으로 향했다.

귀족들의 숫자는 열넷, 그중 첫 번째와 두 번째 경매를 낙찰받은 이들도 있었다.

그들은 탐욕스러운 눈빛으로 벨로슨이 입을 열기를 기다렸다.

"오래 기다리셨습니다. 그럼 오늘의 마지막 경매를 시작하겠습니다."

벨로슨의 말이 끝나자 바닥에서 철갑으로 된 커다란 상자가 올라왔다.

귀족들은 억지로 호기심을 억누르며 인내심을 시험했다.

벨로슨은 품에서 주먹만 한 크기의 열쇠를 꺼내더니 더없이 신중한 자세로 다가갔다.

"이 상자는 아주 특별한 마법진이 설치되어 있습니다. 내부에 있는 물품을 가장 최적의 상태로 보관하기 위해선 반드시 필요하지요."

곧 철컥 하는 소리와 함께 상자가 열리기 시작했다.

그 안에 있는 건 의외로 평범해 보이는 소녀였다.

하얀 피부에 검은 머리카락, 그리고 약간은 마른 체구에 이상한 안대로 눈을 가리고 있었다.

"역시 짐작하신 분들이 계시는군요. 예, 그렇습니다. 이 소녀가 바로 남부 사이실 교단의 성녀 후보입니다."

경매장의 가운데 젊은 귀족이 한 명 있었다.

바로 레인이었다.

암살조장을 고문한 결과 레인은 오늘 경매가 있다는 걸 알아냈다.

레인은 그 즉시 정보 길드를 동원했다. 그리고 경매에 참여하기 위해 비빌에 온 귀족들 중 한 명을 납치해 그의 신분으로 위장을 한 것이다.

레인은 철 상자가 나올 때부터 주의 깊게 보고 있었는데 벨로슨의 말이 끝나자 큰 충격을 받았다.

사이실 교단의 성녀.

이건 단순한 노예 경매와는 차원이 다른 문제였다.

'말도 안 돼, 어떻게 성녀를.'

레인은 고개를 절레절레 저었다.

대륙에는 여섯 주신을 제외한 많은 하위 신들이 있었다.

사이실 교단은 하늘의 신 그랑프의 계보를 잇는 종교로써 정해진 운명에 대한 저항을 중심으로 하는 교리를 설파하고 있었다.

특히 따뜻한 기후의 테일론 제국 남부는 태풍과 홍수를 비롯한 각종 재해가 해마다 일어났다.

그 때문에 백성들의 기질은 거칠었고 적극적이었다.

그들 남부 부족민 사이에 널리 퍼진 게 바로 사이실 교단이었다.

신도의 숫자는 대략 이백만 명 정도로, 남부 부족민의 대부분이 믿고 있다고 봐도 틀리지 않았다.

그런 종파의 성녀가 이런 경매로 팔린다는 게 알려지면 제국 남부가 전쟁터가 되는 건 순식간이었다.

"아, 분명히 말씀드리지만 정식 성녀가 아닙니다. 단지 수많은 성녀 후보 중의 한 명이란 말이죠."

벨로슨의 말이 끝나자 다른 귀족이 손을 들었다.

"성녀 후보와 성녀의 차이는 무엇인가?"

"성녀는 종파에서 인정한 신인이고, 후보는 아직 인정을 받지 못했다 정도의 차이가 있습니다."

"그럼 저 소녀가 사이실 교단에 들어가게 되면 성녀가 되는 건가?"

"글쎄요. 그럴 수도 있고 아닐 수도 있습니다. 하지만 여러분에게는 그게 중요한 게 아닐 겁니다."

몇몇 귀족들은 긴장이 되는지 마른침을 삼켰다.

"사이실 교단은 운명에의 저항을 꿈꿉니다. 그리고 성녀에게는 더 강한 신성력, 즉 저항력을 가지고 있습니다."

"설명을 빨리 했으면 좋겠는데."

귀족들의 재촉이 이어지자 벨로슨은 미소를 지었다.

"좋습니다. 결론만 이야기하도록 하죠. 인간이 거부할 수 없는 가장 큰 운명은 죽음입니다. 이 소녀를 품게 되면 저항력의 일부를 얻을 수 있습니다."

귀족들은 큰 충격을 받은 것처럼 굳어버렸다.

"다른 종파의 신성력이 치유나 회복에 있는 것처럼 저항력의 효과 역시 확실합니다. 저희 쪽에서 장담하건대 최소 이십 년, 어쩌면 삼십 년 이상은 젊어지실 수 있을 겁니다."

벨로슨의 말이 끝나자 다른 귀족이 손을 들었다.

"만약 사이실 교단과 문제가 생긴다면?"

"그럴 리가 없습니다. 그들 교단보다 먼저 저희가 이 성녀 후보를 발견했으니 나중에 사실이 아니었다고 해도 그들이 확인할 방법은 없습니다."

이내 경매장은 침묵이 자리하기 시작했다.

지금 남은 귀족들은 아마 제국 귀족 중 최상위에 속하는 이들이 분명했다.

권력의 달콤함을 맛본 사람들은 더욱 놓치기 싫어하는 법.

지금의 지위로 최소 이십 년 이상을 더 살 수 있다면 수천, 아니, 수만 골드도 아깝지 않을 이들이었다.

"그럼 마지막 경매를 시작하겠습니다. 시작가는 십만 골드입니다."

십만 골드는 어지간한 영지를 일 년 동안 운용할 수 있는 돈이었다, 그것도 최소 자작령 이상을.

그럼에도 대부분의 귀족들은 포기할 생각이 없어 보였다.

"십오만 골드까지 나왔습니다. 그 이상은 없습니까? 예, 십팔만 골드. 예, 지금 최고가는 십팔만 골드입니다."

벨로슨은 점점 올라가는 경매 가격에 만족스러웠다.

이번 일로 얻은 막대한 금액이 조직의 손에 들어간다면 보다 높은 지위를 얻을 수 있을 게 분명했다.

'운이 좋다면 듀크의 자리도 꿈은 아니야.'

벨로슨은 자신도 모르게 미소를 지었다.

이제 경매가는 삼십만 골드를 넘어서고 있었다.

그때였다.

"정말 그만한 가치가 있나?"

갑작스러운 질문에 벨로슨이 고개를 돌렸다.

의외로 젊어 보이는 귀족이었는데, 아쉽게도 신분을 짐작하기 어려웠다.

"다시 묻지, 정말 저 소녀에게 그런 힘이 있느냐는 말이다."

"그렇습니다."

"그게 사실이 아니라면 어떤 대가를 치를 텐가?"

잠시 주저하던 벨로슨은 자신만만한 표정을 지었다.

"저희 단체에서 보증을 하겠습니다. 만약 저희들 입회하에 효과가 없다면 낙찰가의 두 배를 배상하겠습니다.”

“두, 두 배?”

귀족 하나가 너무 놀라 자신도 모르게 소리쳤다.

현재 경매 가격은 무려 삼십만 골드였다.

그 두 배면 육십만 골드. 감히 제국의 공작이라도 쉽게 장담하기 어려운 금액이었다.

그때 아까 질문했던 젊은 귀족이 손을 들었다.

“내가 사도록 하지. 백만 골드. 어떤가?”

“예? 뭐, 뭐라고 하셨습니까?”

지금까지 경매를 하면서 한 번도 말을 더듬어본 적이 없는 벨로슨이 당황할 정도였다.

반대로 젊은 귀족은 약간 짜증나는 투로 말했다.

“백만 골드라고 했다.”

무거운 침묵이 경매장을 휩쓸었다.

기세 좋게 삼십만 골드를 불렀던 귀족도 벌어진 입을 다물지 못했고, 벨로슨은 큰 충격에 경매를 진행할 생각조차 할 수 없었다.

“아무도 대답하지 않는군. 그럼 내가 가져가도록 하지.”

“자, 잠시만 기다리십시오. 좋습니다, 백만 골드. 백만 골드에 낙찰된 것으로 하겠습니다. 하지만……”

벨로슨은 목이 타는 기분에 몇 번이나 마른침을 삼켰다. 하지만 효과는 없었고, 힘겹게 입을 열어야 했다.

"그 백만 골드를 지급할 수 있다는 걸 증명해 주시길 바랍니다."

귀족은 자리에서 일어나 황금빛이 나는 걸 꺼내더니 가볍게 던졌다.

무심코 받은 벨로슨은 그 황금빛을 찬란히 뿌리며 진동하고 있는 패를 쳐다보다가 고개를 들었다.

"이게 무엇입니까?"

젊은 귀족 레인이 웃으며 말했다.

"천벌이지."

그 순간 벨로슨의 손에서 뿜어 나온 찬란한 황금빛이 경매장을 가득 메워 버렸다.

"나, 난 아니야."

"제발 살려주세요."

경매장은 완전히 아수라장이었다.

갑자기 나타난 로열 가드들은 레인의 명령에 따라 경매장에 있던 모든 이들을 잡아들이기 시작했다.

호위기사들도 저항을 했지만 그들의 행동은 전혀 의미가 없었다.

그렇게 혼란스러운 가운데 레인은 성녀 후보에게 다가갔다.

눈을 가린 안대와 귀마개를 풀고, 몸을 묶고 있는 사슬을 산산이 조각내었다. 그런 다음 로열 가드를 불러 성녀의 보호를 맡겼다.

레인은 원흉인 벨로슨을 찾았다.

어떻게 숨었는지 보이지 않았지만 곧 바닥에 남은 발자국으로 흔적을 찾을 수 있었다.

"여기였나?"

레인의 손이 단검을 숨겨둔 부츠를 향해 움직였다.

손에 들린 단검에서 붉은 오러가 피어났고, 순식간에 바닥을 쪼개 버렸다.

그 밑으로 시커먼 통로가 보이자 레인은 망설임없이 아래로 뛰어내렸다.

운이 좋았는지 저 끝에서 사라지는 그림자가 보였다.

레인은 벨로슨을 쫓아 움직였다.

막 모퉁이를 도는 순간 날카로운 검이 튀어나왔다.

챙.

불꽃을 팅기며 물러선 레인은 인상을 찌푸렸다.

이전에 벨로슨의 방에 갔을 때 만난 시녀였다.

시녀는 온몸을 던지며 검을 내리그었다.

레인의 단검이 시녀의 검을 받았다. 동시에 기이한 호선을 그리더니 검을 팅겨 버렸다.

그 직후 레인의 주먹이 시녀의 명치를 때렸다.

레인은 쓰리진 시녀를 내버려 두고 벨로슨의 흔적을 쫓았다.

"이게 대체 무슨……."

벨로슨은 자신의 가슴에 난 상처와 정면에 있는 소녀를 번갈아가며 쳐다봤다.

"너도 알잖아, 카오스 스톰은 흔적을 남기지 않는다는 걸."

"전 실패하지 않았습니다. 들키지도 않았고 잡히지도 않았습니다."

"아니, 넌 실패했어. 아니, 실패했어야 되는 거야. 제시트가 그랬던 것처럼."

벨로슨은 소녀, 아니, 메라의 말을 이해할 수 없었다.

"무엇 때문입니까?"

"글쎄?"

메라는 빙긋 웃더니 손목을 회전시켰다.

좁은 통로 사방에서 날카로운 가시가 솟아났다. 그리고 미처 피하지 못한 벨로슨의 전신을 사정없이 꿰뚫어 버렸다.

"이, 이게 충성의… 대가라니……."

몸을 부들부들 떨던 벨로슨은 곧 고개를 떨어뜨렸다.

"나에게 해준 걸 생각하면 미안하지만 어쩔 수 없어. 이게 내 일인걸."

메라가 손을 거두자 가시가 사라졌다.

털썩 하는 소리와 함께 벨로슨의 시체가 바닥에 떨어졌고, 그 뒤로 레인의 모습이 보였다.

메라는 아주 반가운 표정으로 손을 흔들었다.

Emperor Sword

CHAPTER 12
의문의 소녀

PAVIT
Emperor
Sword

레인은 그대로 굳어버렸다.

성인 두 사람이 겨우 지나갈 수 있는 통로, 그 바닥에는 벨로슨의 시체가 피를 뿜어내고 있었다.

그 기괴한 상황에서도 소녀의 얼굴은 천진난만했다.

마치 오랜만에 보는 친구를 맞는 것처럼 웃으며 손을 흔든 것이다.

레인은 몇 번이나 눈을 깜빡인 뒤에야 소녀의 얼굴을 확인할 수 있었는데, 그건 이전과는 전혀 다른 분위기 때문이었다.

“너, 그때 마차에 타고 있었지?”

갑작스러운 질문, 하지만 메라는 예상했다는 듯 태연히 고개를 끄덕였다.

“난 메라라고 하지. 다들 그렇게 불러.”

“그래, 메라. 대체 어떻게 된 상황인지 설명해 줄 수 있어?”

레인의 질문에 대한 답은 엉뚱했다.

“넌 너무 눈치가 없어.”

메라가 소녀의 모습 그대로 손을 들자, 날카로운 기운이 불쑥 튀어나왔다.

레인은 반사적으로 단검을 휘둘렀다.

타앙!

금속의 울림이 작은 통로를 진동시켰다.

레인은 자세를 낮추고 이어질 공격에 대비해 두 개의 단검으로 앞을 가렸다.

그러다 문득 메라의 왼손을 보게 되었다.

“카오스 스톰?”

“맞아. 다시 말하지만 알아차리는 게 너무 늦어.”

레인은 잠시 주변을 둘러봤다.

눈앞의 소녀를 제외하면 살아 있는 생물의 반응이 느껴지지 않았다.

“왜 벨로슨을 죽인 거지?”

　만약 그가 살아 있다면 베일에 싸인 조직의 그림자를 한 꺼풀 벗길 수 있을 것 같았다. 하지만 바닥에 쓰러진 벨로슨에게서는 미세한 숨소리조차 들리지 않았다.

　"글쎄. 여자로서 용서하기 어려웠다고 해야 하나? 아니, 그걸 떠나서 충분히 죽을죄를 지었어. 그러니 언제 죽어도 이상하지 않지."

　"그건 너도, 아니, 카오스 스톰도 마찬가지다."

　메라는 의미심장한 미소를 지었다.

　"사람은 모두 각자의 정의에 따라 움직이지. 거기엔 선악도, 옳고 그름도 없어."

　"그렇게 말해도 죄는 없어지지 않아."

　"넌 입으로 싸우니?"

　메라는 두 손을 앞으로 내밀었다. 그러자 육체에서 뿜어 나온 칙칙한 안개가 검으로 바뀌더니 맹렬한 속도로 쏘아졌다.

　레인은 몸을 빙글 돌리며 두 팔로 재빨리 반원을 그렸다.

　화려한 붉은 섬광이 공간을 메웠다.

　타다다탕!

　쏘아진 검들이 부러진 나뭇가지처럼 꺾여 버렸다.

　레인은 그 틈에 바닥을 박차고 낮은 자세로 달려들었다.

　"여자는 서두르는 남자를 별로 안 좋아해."

　메라는 빙긋 웃으며 미리 예상한 것처럼 손가락을 튕겼다.

바닥에서 솟아 나온 안개가 천처럼 바뀌더니 통로 전체를 막아버렸다.

'뚫자.'

생각과 동시에 레인의 단검이 교차되었다.

십자의 형태를 띤 붉은 섬광.

콰아앙!

굉음이 터지고 지하 통로가 흔들렸다.

부스스 떨어지는 먼지 사이로 튕겨져 나간 레인이 몸을 일으켰다.

막은 찢겨져 사라졌지만 레인이 받은 충격은 상당했다.

돌파를 예상한 공격이 실패하는 바람에 그 반발력을 고스란히 되받았던 것이다.

"확실히 황실을 대표할 만큼 실력이 뛰어나구나. 하지만 그 정도로는 어림도 없어."

메라의 표정이 비웃는 것 같았다.

레인은 인상을 찌푸리더니 단검을 고쳐 쥐었다.

한줄기 붉은 오러가 나타나 단검을 타고 흘렀다.

더욱 많은 실오라기들이 나타나더니 마치 줄을 감듯 단검을 휘감았고, 곧 어두운 지하 통로에 붉은 빛이 번뜩였다.

메라는 더욱 짙은 미소를 지으며 두 손을 앞으로 모았다.

짙어지는 살기, 몰아치는 마나의 폭풍.

레인과 메라 사이의 공간이 그 힘을 이기지 못하고 비틀리기 시작했다.

균열이 한계에 달했을 때 레인이 먼저 움직였다.

왼손의 단검이 세로로, 오른손의 단검이 가로로.

교차된 붉은 섬광은 이전과는 비교할 수 없을 정도로 빠르고 거칠게 통로를 헤집으며 메라를 덮쳤다.

이미 통로에 깔린 짙은 안개를 모두 쪼개며.

메라의 하얀 치아가 선명하게 드러났다.

그녀가 손을 들자 공간이 찢어지며 날카로운 검이 모습을 드러내었다.

"이걸로는 부족해."

메라가 검을 내밀었다.

마치 아무것도 없는 곳에서 불쑥 튀어나온 검은 붉은 섬광의 중심을 그대로 뚫어버렸다.

레인의 오러 블레이드는 집중을 잃고 사방으로 흩어졌다.

통로의 벽과 천장을 거침없이 긁으며 메라의 뒤로 지나가버린 것이다.

콰콰콰콰쾅!

폭음과 먼지로 이루어진 거친 바람이 되돌아왔다.

레인은 자세를 낮추고 두 팔로 얼굴을 보호했다.

슈아아악.

레인을 몰아친 바람은 바깥쪽으로 서둘러 빠져나갔고, 다시 통로의 모습이 뚜렷하게 보였다.

"고작 그것밖에 안 되는 거냐?"

억양은 달랐지만 어딘가 익숙한 말이었다.

레인은 오기가 생겨 고개를 들었다.

그 순간 애초부터 존재하지 않았던 것처럼 메라의 모습이 홀연히 사라졌다.

레인은 신경을 곤두세우며 감각을 확장시켰다.

흐릿한 살기가 레인의 어깨를 건드렸고, 동시에 천장에서 검이 떨어졌다.

채애앵.

오랜 수련으로 만들어진 본능적인 반응이 레인을 살렸다.

다급히 몸을 비틀고 단검을 휘두르지 않았다면 왼팔이 사라졌을지도 모르는 상황.

레인은 이어질 공격을 대비하기 위해 뒤로 훌쩍 물러나 시야를 확보했다. 하지만 어린 소녀는 유령이라도 되는 것처럼 자신의 형체를 공간에 흐트러뜨렸다.

"미숙해, 많이 미숙해."

레인은 목소리가 들리는 왼쪽으로 고개를 돌렸다.

벽에서 불쑥 튀어나온 검이 허벅지를 노렸다.

피가 튀는 것과 동시에 레인의 몸이 회전하며 붉은 섬광이 피어났다.

카가가가각.

통로의 벽에 날카로운 쇠 손톱으로 긁은 듯 긴 고랑이 만들어졌다.

'반응이 있었다.'

레인은 손끝에서 전해지는 미묘한 감각을 선명하게 받아들였다.

그때였다.

퍼엉! 퍼엉!

요란한 폭음이 통로의 끝에서 울려 퍼졌다. 그 직후 후끈한 열기가 느껴지는 바람이 불어왔다.

"이런, 벌써 시간이 이렇게 되었나?"

레인은 반사적으로 오른쪽으로 몸을 틀었고, 단검이 아래에서 위로 치솟았다.

붉은 섬광은 또다시 벽에 커다란 상처를 남겼지만, 아까와는 달리 걸리는 느낌이 없었다.

"미안하지만 오늘은 이만 돌아가야겠어."

메라의 목소리는 방향을 종잡을 수 없을 정도로 통로 전체에 메아리쳤다.

레인의 날카로운 신경으로도 메라의 위치를 파악하기 힘들 정도였다.

그때 뒤쪽에서 여러 사람의 발걸음 소리가 들렸는데, 위쪽의 상황을 정리하고 내려온 로열 가드들이었다.

"다음에도 그 수준이라면… 넌 확실히 죽어."

메라의 목소리는 점점 멀어져 갔고, 마지막 말이 레인의 가슴으로 파고들었다.

"제길."

레인은 입술을 깨물었다.

경매장을 휘감은 화염은 서서히 기세가 약해지고 있었다.

인근의 병사들이 속속들이 충원되고 있어 상황은 대충 정리가 되어가는 것 같았다.

"여기 대장이 누구냐?"

뒤늦게 달려온 기사 하나가 레인의 앞에 섰다.

"가톰이라고 합니다."

기사 가톰은 처음 보는 레인의 말에 약간 당황했지만 그렇게 눈치가 없지 않았다.

바로 옆에 황금빛 갑옷을 입은, 한마디로 자신과 엄청나게 격차가 있는 기사들이 레인의 지시를 받는 모습을 확인했던 것이다.

"그래, 가톰. 소속은?"

"상업도시 바빌 동부 지역 3구역을 담당하고 있습니다."

레인은 빙긋 웃으며 가톰의 어깨를 두드렸다.

"좋아, 너에게 중요한 임무를 맡기겠다. 우선 아래로 내려가 생존자를 구출한다. 그리고 저기 사람들 모아놓은 거 보이지?"

"옛."

"병사 스무 명을 데리고 저들을 감시해라. 무슨 일이 있어도 도망치지 못하게 하고, 만약 허튼소리를 하면 창으로 주둥이를 막아버려."

가톰은 약간 거칠고 구체적인 지시를 그대로 병사들에게 전달했다.

그 외 몇 가지 지시를 더 받은 가톰은 보고를 받고 온 병사들에게도 일을 할당시켰다.

잠시 후 붉은 수실의 기사 토르뎀이 로열 가드들을 불러 모았다.

"번번이 정신없게 부르는군요."

"어쩔 수 없습니다. 이 일이라는 게 그러니까요."

어딘가 애환이 느껴지는 말에 레인은 머리를 긁적였다. 왠지 그 모든 게 자신의 잘못 같아서였다.

"그런데, 혹시 부상자는 없습니까?"

다칠 정도의 전투는 없었지만 갑자기 불길이 치솟아 경매장이 무너졌기 때문에 혹시나 싶었다.

"이 정도에 다치면 이걸 떼야 합니다."

토르뎀이 가리킨 건 가슴의 황금 사자 마크였다.

그 자부심 가득한 말에 레인은 미소를 지었다.

"저희는 이만 돌아가겠습니다."

"예, 수고하셨습니다."

토르뎀이 한발 물러나자 로열 가드들은 정해진 대형을 갖추었다. 그리고 일제히 외쳤다.

"다크 폰 로열 공작이 있는 한 테일론 제국은 영원할지어다!"

갑작스러운 외침에 레인은 황당한 표정을 지었다.

토르뎀은 붉게 물든 얼굴로 재치 넘치는 윙크를 날렸다. 아마 그게 없었더라면 레인은 한동안 정신을 차리지 못했을 게 분명했다.

'트라시온 황자의 장난이 여럿 망치는군.'

고개를 절레절레 흔든 레인은 곧 페르나팍스를 앞으로 내밀었다.

번쩍.

로열 가드들은 나타날 때처럼 순식간에 사라졌고, 기사 가톰은 벌어진 입을 다물 수 없었다.

방금 있었던 일은 사람들의 입을 타고 금세 제국 전역으로 퍼져 나갈 게 분명했다. 그 역시 트라시온 황자의 노림수였고, 나름 효과를 보이고 있었으니까.

레인이 고개를 돌려 가톰을 쳐다봤다.

가톰은 마치 군주 앞에 사열을 하는 것처럼 부동자세를 취했고, 레인은 피식 웃음을 터뜨렸다.

그렇게 시간이 지나 정리가 되는 가운데, 한 무리의 기사들이 커다란 마차와 함께 나타났다.

"무슨 일이냐? 보고하라."

선두의 기사가 소리치자 가톰은 레인의 눈치를 살폈다.

레인은 고개를 끄덕이며, 손가락으로 가슴을 가리키고 입술을 눌렀다.

자신에 대해 말하지 말라는 의미였다.

가톰은 소리친 기사에게 달려가 상황을 보고했다.

그때 자그마한 중년인이 마차 문을 열고 밖으로 나왔다.

중부 상업도시 바빌의 시장이자 영주인 한티오 백작이 바로 그였다.

한티오 백작은 기사들을 이끌고 한쪽 구석에 포박을 당한 귀족들이 있는 곳으로 서둘러 움직였다.

신분을 감추기 위해 썼던 가면을 모두 벗긴 상황, 한티오 백작이 자신의 하이로드를 발견하는 건 그리 어렵지 않은 일이었다.

로콘 후작의 몰골은 그리 정상적인 게 아니었다. 반백의 머리는 잔뜩 헝클어져 있었고, 온통 먼지투성이였다.

로콘 후작은 한티오 백작이 오자마자 소리쳤다.

"백작, 우선 줄을 풀어라!"

"예. 잠시만 기다리십시오."

한티오 백작의 기사가 단검을 빼 들고 손목을 묶은 밧줄을 잘랐다.

"대체 이게 무슨 일입니까?"

로콘 후작은 바로 대답하지 못하고 우물거렸다.

사실 그는 제대로 아는 게 없었다.

비밀리에 경매에 참여했고, 뭐가 번쩍하는 순간 갑자기 기사들이 튀어나왔다.

로콘 후작은 본능적으로 위험을 느껴 도망쳤다. 하지만 뒤통수에 충격을 받아 기절을 했고, 조금 전 눈을 떠보니 꽁꽁 묶인 상태였다.

그때 레인이 로콘 후작의 뒤로 다가왔다.

"뭐 하는 건가?"

의도적인 차가운 말투에 한티오 백작이 고개를 들었다.

"넌 누구냐?"

"내가 먼저 물었다, 지금 뭐 하는 거냐고."

한티오 백작은 레인과 로콘 후작, 그리고 주변의 기사들을 번갈아가며 둘러봤다.

레인을 제외하면 모두가 익숙한 인물들이었다.

감히 자신에게 함부로 말할 수 있는 사람이 없다는 의미였지만 왠지 뭔가가 찝찝했다.

"나는 한티오 바빌로 백작이라고 하네. 자네는 뭔가 알고 있는 것 같군."

레인은 빙긋 웃더니 설명을 생략했다.

"이자는 중죄를 지은 죄인이다. 함부로 풀어줄 생각은 하지 마라."

"무슨 소리를 하는 건가? 이분은 로콘 후작님이네. 테일론 제국의 후작이자 고위 귀족이란 말이야."

"그래? 그럼 더욱 잘됐군. 파헤칠 게 많다는 소리니까. 어쨌든 지금 중요한 건 이자가 죄인이란 사실이다."

그때 화가 난 로콘 후작이 벌떡 일어나 소리쳤다.

"넌 누구냐? 혹시 이번 일을 벌인 놈이 아니더냐?"

"예? 그게 무슨 말씀이십니까?"

한티오 백작이 묻자 로콘 후작이 레인을 향해 손가락질을 했다.

"백작, 이놈을 붙잡아."

로콘 후작의 명령에 한티오 백작은 당황스러워했다.

사실 로콘 후작이 바빌에 온다는 건 이미 알고 있었다.

다른 사람도 아닌 하이로드가 자신의 영지로 오는 걸 어찌

모를 수 있을까?

그럼에도 별다른 말이 없었기에 으레 다른 귀족들처럼 관광이나 상거래를 하러 오는 거라고 판단했다.

그런데 의외의 장소에서 묶인 채 나타났고, 갑자기 젊은 청년이 나타나 중죄인이라고 하고 있었다.

상황이 어떻게 돌아가는지 짐작조차 가지 않았다.

그때 로콘 후작이 잔뜩 흥분한 목소리로 떠들어댔다.

"이제 생각이 나는군. 그래, 젊은 목소리였어. 그러니까 네 녀석이 일을 엉망으로 만든 거야."

로콘 후작은 레인이 마지막 경매품을 강탈하기 위해 이번 일을 벌였다고 확신했다. 하지만 찔리는 게 있는지라 차마 그런 사실을 말할 수 없었다.

그때 한 무리의 병사들이 뭔가를 들고 조심스럽게 나타났다. 그러자 가툼은 레인을 가리켰고, 병사들은 그쪽을 향해 움직였다.

"명령대로 지하에 여자들이 있었습니다. 우선 한 명을 먼저 구했고, 나머지는 아직 시간이 필요합니다."

"그래, 수고했어. 계속 작업을 진행하도록."

"예, 알겠습니다."

병사들이 돌아가자 한티오 백작은 더욱 황당해했다.

기사들은 자신의 얼굴을 알지만 병사들은 아니었다. 하지만 왜 자신이 아닌 청년에게 보고를 하는지 도무지 이해할 수 없었다.

한티오 백작은 가톰을 쳐다봤다.

그때 레인이 한티오 백작의 어깨를 두드렸다.

"한티오 바빌로 백작이라고 했나? 자네 신분이라면 이게 뭔지 알 테지?"

레인은 장난치듯 웃으며 페르나팍스를 내밀었다.

한티오 백작은 황금 사자가 새겨진 패를 보더니 몇 번 눈을 깜빡거렸다.

"서, 설마? 황제의 감찰관?"

"흐음, 소문이 그렇게 난 모양이군. 그래, 맞아. 내가 바로 다크 공작이다."

한티오 백작은 최근 들려온 소문을 떠올렸다.

다크 폰 로열 공작은 황제의 검이자 암행감찰관으로 부정을 저지른 귀족들을 처벌했다.

처음에는 그저 소문이겠거니 했다. 하지만 황실에서 정식 공문이 내려오자 믿지 않을 수 없었다.

다크 폰 로열 공작은 신분 고하를 막론하고 누구든 처벌할 수 있는 절대적인 권한을 가진다.

그가 협조를 요구했을 때 거절하면 이는 곧 황실에 대한 반

역이다.

세 마리 황금 사자패가 공작의 신분을 증명할 것이다.

공문의 내용은 그게 전부였고, 그 아래 황금 사자패의 정확
한 모양과 새겨진 글자에 대한 그림이 그려져 있었다.

잠시 굳어버렸던 한티오 백작은 정신을 차리자마자 재빨
리 고개를 숙였다.

"한티오 바빌로 백작이 다크 폰 로열 공작님을 뵈옵니다."

"그래, 한티오 백작. 내가 한 말은 알아들었겠지?"

"예, 즉시 시행하겠습니다."

한티오 백작은 곧바로 기사들을 쳐다보며 명령을 내렸다.

"뭣들 하느냐? 당장 이 죄인을 포박하라!"

기사들이 다가서기도 전, 로콘 후작은 거품을 물고 기절하
고 말았다.

레인은 만족스러운 표정으로 한티오 백작에게 말했다.

"만약 여기 있는 귀족들이 한 명이라도 사라진다면 내 필
히 죄를 묻도록 하겠다. 알겠나?"

한티오 백작은 하얗게 변한 얼굴로 미친 사람처럼 고개를
끄덕였다.

"휴우, 정말 갑갑하군."

레인은 자신의 앞에 놓인 서류들을 쳐다보며 한숨을 내쉬었다.

이번에도 카오스 스톰은 그 흔적을 완벽히 지워 버렸다. 경매장을 불태움으로써 모조리 날려 버린 것이다.

그나마 다행인 건, 첫 번째 경매품으로 나온 여자와 성녀를 구출했다는 점이다.

직접 상태를 확인한 결과 나크족 여자는 세뇌를 위한 준비 때문인지 지금까지도 잠들어 있었다.

성녀의 경우 로열 가드들이 제일 먼저 나선 덕택에 무사했다. 하지만 충격이 큰지 사람들을 두려워하고 있었고, 아직 입을 열지 못했다.

레인은 두 여자에 대한 처분을 황실에 맡기기로 하고 기사들을 시켜 철저히 보호하란 명령을 내렸다.

"그나저나… 이거 정말 장난이 아닌데."

신분이 밝혀진 귀족들을 생각하니 골치가 아팠다.

로콘 후작을 제외하고도 후작이 한 명 더 있었으며, 나머지는 죄다 백작들이었다.

귀족인 이상 어느 정도 면책은 받겠지만 어둠의 경매에 참여한 건 중죄였다.

거기다 어마어마한 경매 액수를 생각하면 최소 절반 정도는 파산을 하거나 세력을 축소해야 할 것 같았다. 그것도 운이 좋을 경우였다.

"뭐, 이것도 트라시온이 알아서 하겠지."

공작으로서 즉결 처분을 할 수 있었지만, 아무래도 이런 정치적인 사안은 약간 미묘했다.

레인은 그렇게 대략적인 뒤처리를 끝냈다. 하지만 뭔가 미련이 남은 듯 다시 서류를 뒤졌고, 빠뜨린 게 없는지 꼼꼼히 살폈다.

어차피 결과는 마찬가지였고, 레인은 피할 수 없는 현실을 마주해야 했다.

그건 바로 그날의 쓰디쓴 기억이었다.

"제길."

레인은 자신도 모르게 책상을 내려쳤고, 그러고도 분이 풀리지 않는지 갑자기 벌떡 일어났다.

침대에 몸을 던진 레인은 아이들이 어리광을 부리듯 마구 몸부림을 쳤다. 그리고 침대는 무려 오 분 동안이나 비명을 질러야 했다.

"후우! 하아!"

레인은 천장을 바라보며 그때를 떠올렸다.

처음 물품의 정체가 성녀 후보라는 걸 알게 되었을 때, 레인은 석연치 않은 의문을 가졌었다.

바로 제시트 상단과 그라판 용병단이었다.

아무리 카오스 스톰의 일과 연관되는 흔적을 남기지 않기 위해서라지만 그라판의 용병단을 선택한 건 정말 아니었다. 실력도 부족했고, 무엇보다 검증되지 않은 이들이었다.

"아무리 입막음을 위한 뒤처리를 생각했다 하더라도 정도가 있지."

레인은 그 의문을 쉽게 풀 수 있었다.

"진짜 성녀 후보의 호위는 용병들이 아니었어. 바로 메라였다고."

그녀의 실력이라면 그라판 같은 용병들은 수십, 아니, 수백 명도 문제없었다.

그다음은 바로 메라, 그녀의 정체였다.

벨로슨을 처리한 걸로 봐서 메라는 카오스 스톰 내에서도 상당한 지위를 가지고 있는 것 같았다.

또 거의 파이론에 필적하는 실력을 가지고 있었다.

"그런데 뭔가 이상했어."

레인은 직접 싸웠을 때를 생각했다.

우선 메라는 모든 실력을 드러내지 않았다. 마치 맞지 않는 옷을 입고 싸우는 것처럼 스스로 익숙하지 않은 마법에 가까운 기술을 사용했다.

나중에 했던 것처럼 제대로 된 암살자들의 수법을 처음부터 썼다면 대결은 길지 않았을 게 분명했다.

또 갑자기 나타난 검이나 안개를 부리는 능력을 생각하면 마법이라고 생각하기 어려웠다. 꾸준한 형태를 유지하는 마법은 효과에 비해 마나 소모가 컸고, 상당한 수준의 실력을 필요로 했으니까.

무엇보다 마지막 메라의 말이 머릿속을 맴돌았다.

"다음에도 그 수준이라면… 넌 확실히 죽어."

만약 준비없이 그녀를 만나게 된다면 이번처럼 살아날 수 있을 거라고 장담할 수 없었다.

레인은 그동안 가지고 있던 자존심에 금이 가는 걸 느꼈다.

어디 가도 지지 않을 거라고, 적어도 이렇게 무력감을 겪게 될 거라고는 상상조차 하지 않았다.

하지만 칸젤과 세이렌의 말대로 하늘 밖에는 하늘이 있었다.

"으아아악!"

레인은 비명을 지르며 머리를 박박 긁었다.

메라를 생각하니 왠지 가슴이 갑갑해져 왔다.

"다른 생각을 하자! 다른 생각을 하자! 다른 생각을 하자!"

레인은 주문을 외우듯 그렇게 소리쳤고, 원하는 대로 다른 의문을 떠올릴 수 있었다.

바로 벨로슨의 목적이었다.

대체 무슨 이유로 그런 엄청난 경매를 준비한 것일까?

아직 검증되지 않았지만 성녀 후보에 대한 내용이 사실이라면 고위 귀족들은 돈을 아끼지 않을 게 분명했다.

실제 삼십만 골드를 외친 귀족도 있지 않았던가.

만약 계약이 성사가 되었다면 카오스 스톰은 막대한 부를 손에 넣게 된다.

그것도 제국의 감시망을 벗어난 엄청난 돈을.

"그나저나 카오스 스톰은 대체 뭘 위해 만들어진 조직이지?"

곰곰이 생각해 봤지만 쉽게 판단이 서지 않았다.

우선 파이론의 얼굴과 데비슨 자작의 일이 떠올랐다.

그걸 성공했다면 엄청난 숫자를 무장시킬 수 있는 철광석을 손에 넣을 수 있었다.

그것뿐만 아니라 라핀을 통해 얻은 정보에 의하면 카오스 스톰은 측정할 수 없는 부를 구축하고 있었다.

수많은 귀족들의 자식들을 인질로 납치해 벌어들인 돈은 천문학적이었고, 어지간한 왕국을 세울 수 있을 정도였다.

"대체 왜? 무얼 위해서?"

아무리 생각해도 카오스 스톰에 대해선 판단을 내릴 수가 없었다.

정보가 부족한 만큼 많은 가능성이 존재했기 때문이다.

그때 밖에서 노크 소리가 들렸다.

레인은 침대에서 일어나며 약간 기운 빠진 목소리로 말했다.

"들어와."

문이 열리고 금발의 청년이 안으로 들어왔다.

레인이 그토록 저주하는 트라시온 폰 테일론 황자가 미소를 짓고 있었다.

Emperor Sword

CHAPTER 13
트라시온의 가르침

Emperor
Sword

"모든 걸 알고 있었죠?"

질문하는 레인의 눈동자에서 불꽃이 튀었다.

"뭐? 그게 무슨 소리야?"

트라시온 황자의 목소리는 느긋했고, 반대로 레인은 거칠게 쏘아붙였다.

"미첼 론 파리앙, 성녀 후보, 어둠의 경매."

트라시온 황자는 잠시 멍한 표정을 지었다.

"아하! 그래, 그랬지. 아니, 그랬던 것인가? 아니, 그랬던 것 같아."

"제발 체통을 지키고 확실하게 말해주시죠."

"흐음, 그게 말이야."

트라시온 황자는 고개를 돌려 벽에 장식된 그림을 보는 것으로 레인의 눈길을 피했다.

레인은 눈을 부리부리하게 뜨고 얼굴을 내밀어 그 앞을 가렸다. 하지만 트라시온 황자는 다시 반대방향인 창밖을 쳐다보며 능청을 떨었다.

"아! 날씨 좋다."

"해가 졌는데 날씨가 좋습니까?"

"그, 그랬나?"

레인은 자신도 모르게 주먹을 불끈 쥐었다.

"지금 저랑 장난하자는 겁니까?"

고함을 지른 탓인지 모르겠지만 트라시온 황자는 진지한 태도를 보였다.

"좋아, 말해주지. 그래, 뭐가 궁금해서 그러는 거야?"

"모두 다요."

트라시온 황자는 짧게 한숨을 내쉬더니 푹신한 의자에 엉덩이를 걸쳤다.

"솔직히 말하면 안 믿을 것 같지만, 진실을 원한다니 말해주지."

레인은 트라시온 황자의 말에 집중했다.

“미첼 론 파리앙 자작의 일은 솔직히 모르고 있었어. 생각해 봐. 제국의 귀족 숫자는 엄청나게 많아. 백작의 숫자만 세 자리 수에 달하고, 그 아래 자작과 남작의 수는 수천 명이 넘어간다고.”

“그렇지만 파리앙 자작가는 하나죠. 그리고 절 보내기로 했다면 어느 정도 조사는 했을 것 아닙니까?”

“그게… 생각보다 황실의 정보망은 꼼꼼하지 않거든.”

물론 그 말은 어느 정도는 수긍할 수 있었다. 하지만 성녀 후보의 일은 뭐란 말인가?

레인은 진심으로 불경죄를 저지르고 싶었다.

“그건 그렇다고 하더라도, 성녀 후보에 대해 말씀하지 않으신 건 정말 너무하군요.”

“아! 그것도 마찬가지야. 우리가 알고 있는 건 제시트 상단에서 뭔가를 입수해 보냈다는 게 전부였다고.”

“정말 아무것도 모르고 절 보냈다는 말입니까?”

트라시온 황자는 고개를 끄덕였다.

“대체 무슨 생각이셨던 거죠?”

“그야, 반쯤은 도박한다는 심정으로. 되면 재수고 아니면 말고라고.”

도박이란다. 도박이란다.

그 어이없는 대답에 레인이 폭발하고 말았다.

"끄아아아악."

발광하듯 고함을 지른 레인은 트라시온을 향해 부들부들 떨리는 주먹을 들어 보였다.

"이봐, 난 황자야. 그리고 네 사형이라고."

일말의 이성은 남아 있었던 것일까.

누구에게 다행인 일인지 모르겠지만 레인의 주먹은 아슬아슬하게 빗나갔다.

번쩍.

와장창창창!

값비싼 유리창이 박살 나며 조각조각이 흩날리기 시작했다.

그 요란함과 거의 동시에 문이 벌컥 열렸다.

"황자님, 괜찮으십니까?"

말이 끝나기도 전에 열 명의 기사가 검을 빼 들고 방 안으로 쏟아져 들어왔다.

기사들은 방 안의 여유로운 상황을 보고 잠시 멈칫했다.

레인은 정신이 번쩍 드는 것을 느꼈다. 자신은 주먹을 뻗은 채였고, 그 방향의 유리창이 깨져 있었다. 꼼짝없이 의심을 받을 수밖에 없는 상황.

그때 트라시온 황자가 엉뚱한 말을 내뱉었다.

"밖에 태풍이 부나?"

“예?”

“아무래도 태풍이 올 조짐인가 봐. 그냥 슉슉 이랬는데 유리창이 박살 나버렸어.”

트라시온 황자가 레인의 얼굴을 향해 가볍게 주먹을 뻗었다가 당겼는데 그 모습이 무척 장난스러워 보였다.

그럼에도 기사는 진심으로 대답했다.

“황자님, 지금은 추수가 끝난 11월이고, 이 지역은 태풍이 불지 않습니다.”

“정말이야?”

“예. 태풍이 불지 않습니다.”

“그러니까, 그게 정말이냐고?”

기사는 약간 무뚝뚝하긴 했지만 반복된 질문의 의미를 눈치채지 못할 정도는 아니었다.

“아무래도 태풍이 올 것 같습니다.”

황제는 마법을 쓰지 않는 마법사다.

한마디 말로 산을 옮기고 호수를 갈아엎을 수 있었으며, 수만 명의 생명을 빼앗을 수 있었다.

트라시온은 황자였으니 그 정도는 아니라 해도 기사 하나를 세뇌하는 것 정도는 문제가 없었다.

트라시온 황자가 빙긋 웃으며 말했다.

“그래, 그렇지? 그럼 한티오 백작에게 전해. 올해는 태풍이 불지 모르니 단단히 준비를 시키라고.”

“예, 그렇게 전하겠습니다.”

“그래, 그럼 나가보라고.”

기사들이 우르르 나가자 그제야 레인은 뻗었던 주먹을 슬그머니 내려놓았다.

트라시온 황자는 레인을 노려봤다.

“네가 정말 간이 부었구나. 오냐오냐 했더니 겁을 상실했어.”

말을 하니 오히려 덜 무서웠지만 레인은 불안을 지울 수 없었다.

하지만 트라시온의 반응은 예상과 달랐다.

“뭐, 이번에는 내 너그러운 마음으로 용서하도록 하지. 솔직히 내 실수도 있었고, 지원도 늦었으니 한 번은 봐주마. 하지만… 다음은 없다.”

“예.”

레인의 대답은 바닥을 기어들어 갔다.

트라시온 황자의 눈빛은 살기가 없었다. 하지만 레인은 그래서 더욱 두려움을 느껴야 했다.

쪼잔한 트라시온 황자라면, 적어도 자신의 예상보다 더한 귀찮음을 만들어줄 게 분명했으니까.

“그건 그렇고, 이번 일도 잘 처리해 줘서 고맙다.”

“아뇨. 제 임무였습니다.”

“사실 난 휴가를 즐기고 있었거든. 그래서 네 연락을 늦게 받았고, 지시를 내리는 것보다 직접 오는 게 빠르다고 판단한 거지.”

“휴가요? 대체 어딜 다녀오셨는데요?”

레인은 어디 멀리 갔나 싶어서 물었고, 트라시온 황자는 짓 궂은 표정을 지었다.

“아, 별건 아니고, 만날 사람도 있고 살 물건도 있어서 여기 바빌을 관광했어.”

레인은 농락당하는 기분을 철저하게 느껴야 했다.

레인은 트라시온 황자와 함께 다녀야 했다.

이번 일의 뒤처리와 그 결정에 대한 의미를 배워야 한다는 이유였다.

실제로는 트라시온 황자의 심심풀이 장난감이었지만.

어쨌든 레인은 불만이 가득한 표정으로 물었다.

“그 나크족 여자를 감옥에 가둔다고요?”

“그래. 달리 방법이 없잖아.”

당연하다는 듯 나온 트라시온의 대답에 레인은 오히려 혼 란을 느껴야 했다.

“잘 생각해 봐. 나크족 여자는 생명의 위협을 느끼면 짐승처럼 바뀌지. 섬기기로 한 남자를 제외하면 아무도 못 알아보고, 주변의 모든 위험 요소들을 처리한 후에야 정신이 돌아온다고."

"정말… 그런 겁니까?"

"그래. 나크족이 멸망한 이유가 바로 그거야."

레인은 고개를 갸웃거렸다.

그 정도로 호전적인 종족이라면 적도 많고, 그 희귀성을 노리는 사냥꾼도 많을 것 같았다.

"그런데 어떻게 그녀 혼자 살아남을 수 있었죠?"

"그녀는 온전한 나크족이 아니야. 인간의 피가 섞인 혼혈인데 세대를 건너뛰면서 이번에 그 본성이 도드라지게 나타난 거지."

레인은 대충 이해가 되는 것 같았다.

"어쨌든 그런 위험한 여자는 그냥 풀어줄 수 없어."

트라시온 황자의 말은 단호했다.

세뇌당하고 팔려가는 신세를 벗어나자마자 감옥행이라면 이전까지의 비참한 삶과 별반 차이가 없어 보였다.

"왠지 불쌍하군요."

"어쩔 수 없지. 하지만 방법은 있어."

"그게 뭔가요?"

레인의 눈빛이 반짝였다.

“아주 간단해. 제국에 충성하고 그 신분이 확실한 남자가 그녀를 소유하면 되는 거야. 그럼 감옥에 갈 필요도 없고 자유롭게 살아갈 수 있지. 그걸 어떻게 생각해?”

“설마, 저를 말하는 건 아니겠죠?”

“달리 다른 사람이 있다고 생각해?”

진심이 느껴지는 눈빛에 레인은 더욱 혼란을 느꼈다.

“이, 일단 그 문제는 넘어가도록 하죠.”

“레인, 뭔가 착각하고 있는 것 같은데, 넌 공식적인 임무에 있어 제국의 공작이란 신분을 가지고 있어. 그런 사람이 조금 곤란하다고 일을 그냥 넘기면 어떻게 될 것 같아?”

“그, 글쎄요?”

“너의 혼란이 백성의 혼란으로 이어지는 거야.”

어쩌면 이 말이 진정으로 트라시온 황자가 하고 싶은 말일지도 몰랐다.

“하지만 이런 일은 신중하게 판단해야 한다고 생각합니다.”

“그렇게 안 봤는데, 레인, 정말 멍청하구나.”

“예?”

“내가 하루에 이런 일을 몇 개나 맡는다고 생각해?”

순간 말문이 막히는 레인이었다.

“내 결정을 기다리는 일은 하루에도 수십, 수백 개가 있다고. 미루면 그걸로 끝이야."

그제야 레인은 트라시온 황자의 어깨에 있는 무게를 실감할 수 있었다. 한없이 장난스럽게 보이는 그의 행동에도 모두 계산이 깔려 있는 것이다.

"좋아, 네가 그 여자를 소유하지 않는다 치고, 그럼 어떤 결정을 내려야 할까? 내 생각보다 좋은 의견이라면 기꺼이 따르도록 하지."

"그게……."

말은 입을 맴돌았지만 밖으로 튀어나오진 않았다.

레인은 결국 고개를 숙여야 했다.

"넌 아직 어려. 너무 자책하지 말고, 그렇게 하나하나 겪으면서 성장하는 거야."

트라시온 황자는 그렇게 말한 뒤 최종 서류에 사인을 하기 위해 펜을 들었다.

이제 몇 개의 선이 그어지면 그녀의 인생이 결정될 것이다.

레인은 왠지 그것이 견딜 수가 없었다.

그때 갑자기 레인의 머리에 체로키가 떠올랐다.

"제국에 충성하고 신분이 확실한 사람이면 된다고 하셨죠?"

"그래."

"한 사람 있습니다. 제가 그에게 그녀의 신병을 부탁하도록 하겠습니다."

"말해봐. 내가 인정할 수 있는 사람이라면 그렇게 하도록 하지."

레인은 짧게 심호흡을 한 뒤 말했다.

"체로키 반 스펜타임 백작은 어떻습니까?"

의외의 대답이었는지 트라시온 황자는 그대로 굳어버렸다.

"그 정신 사나운 아저씨?"

"하지만 조건은 맞습니다. 그리고 체로키 백작이라면 제 부탁을 들어줄 겁니다. 충분히 그녀를 감당할 수 있는 실력자이기도 하고요."

트라시온은 불쾌한 듯 인상을 찌푸렸지만 잠시 후 고개를 끄덕였다.

"하긴 나크족 여자가 천성적으로 대단한 능력을 타고났다고 해도 체로키 아저씨를 어찌하기는 무리겠지. 좋아, 네 부탁을 받아들이지."

"감사합니다."

레인은 그녀를 감옥으로 보내지 않아도 된다는 생각에 기뻐했지만 트라시온 황자는 고개를 저었다.

"이번 일 같은 요행이 계속된다고는 생각하지 마. 그리고 요행이 아닌 것으로 만들려면 충분한 인맥을 만들어두라고."

그렇게 말한 트라시온 황자는 다시 다른 서류를 꺼냈다. 그리고 심각한 표정으로 한숨을 내쉬었다.

"하아, 이게 정말 저들의 계획이었다면 정말 아찔한 일이야."

슬쩍 서류를 훔쳐봤는데, 그건 사이실 교단의 성녀 후보에 관한 내용이었다.

레인은 왠지 기분이 들뜨는 걸 느꼈다.

"이번 일, 어떻게 생각해?"

"글쎄요. 경매에서 했던 설명이 사실이라면 늙은 귀족들은 환장을 했을 것 같은데요. 최소 이십 년은 젊어질 수 있다고 했으니까요."

트라시온 황자의 얼굴이 처참하게 일그러졌다.

"넌 그런 생각밖에 안 하냐?"

"예? 그런 생각이라뇨?"

"성녀는 아직 어려. 단지 젊어지기 위해 그런 어린아이를 품고 자는 건 심각한 범죄라고."

순간 레인의 얼굴이 붉게 물들었다.

"아니, 제가 말하는 건, 그러니까, 그런 의미가 아니라……."

"됐고. 그렇게 어린 여자가 좋다면, 우리 레이나 어때? 나중에는 모르지만 아직은 어려 보인다고. 아니, 실제로도 어리지."

"예?"

레인은 멍해 있다가 곧 트라시온 황자가 장난쳤다는 사실을 눈치챘다.

"왜 자꾸 저를 그런 식으로 엮으려고 하는 겁니까?"

트라시온 황자는 씨익 웃으며 묘한 어조로 말했다.

"글쎄?"

"전 여자에게 관심없습니다."

"그럼 남자라도……."

"그만하시죠?"

레인의 눈에서 무시무시한 살기가 뿜어져 나왔다.

트라시온 황자는 연극을 하는 배우처럼 순식간에 심각한 표정을 지으며 서류에 시선을 고정시켰다.

"어쨌든 이번 일의 최대 성과는 성녀야."

"그런가요?"

레인은 약간 확신이 없는 말투로 말했고, 트라시온 황자는 주의를 주었다.

"넌 최선과 최악에 대해 생각하는 방법을 배워야겠구나."

"그건 또 무슨 해괴한 말입니까?"

"생각해 봐. 성녀가 팔렸다 치자. 그럼 무슨 일이 벌어질 것 같아?"

"그야 회춘한 귀족이 새장가를 가겠죠."

트라시온 황자는 고개를 저었다.

"아마 카오스 스톰 쪽에선 사이실 교단의 신관들에게 이 정보를 흘릴 거야. 그럼 이백 만이 넘는 광신도들이 분노할 테고, 그 대상은 제국의 귀족이 되겠지."

레인의 몸에 소름이 돋았다.

일이 잘못됐을 때 제국 남부에 혼란이 생길지도 모른다는 생각은 했다. 하지만 카오스 스톰이 직접 개입할 거라고는 상상도 하지 못했다.

사실 테일론 제국 남부 쪽은 거의 분쟁이 없었다.

제대로 된 왕국도 몇 개 없었지만, 험난한 기후 탓에 부족 형태의 수많은 사람들이 대부분인 것이다.

때문에 그들을 자극하지 않기 위해 적은 숫자의 병사들을 파견했으며, 그저 형식적인 경계선이 전부였다.

"하지만 사이실 교단을 믿고 있는 이들이 제국을 적대시한다면 문제는 심각해지지. 치안을 위해서라도 병사를 늘려야 할 테니 분위기는 더욱 험악해질 테고, 어쩌면 제국 남부의 국경선을 후퇴시켜야 할지도 몰라."

트라시온은 심각한 어조로 말한 뒤에야 레인을 향해 웃어 주었다.

"이제 성녀가 우리 손에 들어왔으니 걱정은 사라졌어."

"천만다행이군요. 그럼 성녀를 사이실 교단에 보내주는 겁
니까?"

"글쎄? 황제 폐하의 취향이 아니라면 그럴지도."

레인은 망치로 뒤통수를 얻어맞은 듯한 충격을 받았다.

왜 미처 생각하지 못했을까?

로일드 황제는 나이가 많았다.

더군다나 수많은 전쟁을 겪으면서 많은 부상을 겪었고, 육
체의 노화는 더욱 빠르게 진행되고 있었다.

황제는 원하면 모든 것을 가질 수 있지만, 죽음이라는 운명
만은 피할 수 없었다. 그걸 미룰 수 있는 성녀가 손에 들어왔
으니 망설일 이유가 없는 것이다.

레인은 자신의 끔찍한 상상을 부정했다.

"정말 그러실 생각입니까?"

"그야 난 모르지. 하지만 황제께서 젊어지신다면 아무래도
좋은 일일 테지. 적어도 수십 년 동안은 제국의 평화가 유지
될 테니까."

주변 왕국들이, 아니, 권력을 탐하는 귀족들에게 가장 두려
운 사람은 바로 로일드 황제였다.

황제가 생생히 살아 있는 한 도발이 없을 것이고, 트라시온
황자의 말대로 평화는 지속될 것이다.

하지만 레인은 그런 사실을 인정하면서도 가슴으로는 이

해할 수 없었다.

트라시온 황자는 레인의 굳은 얼굴을 쳐다보더니 갑자기 피식 웃음을 터뜨렸다.

"왜 웃는 겁니까?"

"정말 한심하다 싶어서 말이야."

놀림감이 된다고 생각하자 레인은 와락 인상을 찌푸렸다.

"레인, 네가 본 우리 아버지가 정말 그럴 사람이라고 생각해?"

"그야 모르죠. 황제의 속마음을 누가 알겠습니까?"

"그건 황족 모독이야. 그리고 칸젤 아저씨와 세이렌 사부님에 대한 모독이기도 하고."

트라시온 황자는 잠시 감정을 가다듬은 다음 말을 이었다.

"우리 아버지가 그런 사람이었다면 너의 부모님은 절대 도와주지 않았을 거야. 그랬다면 테일론 제국도 없을 것이고, 나 역시 대륙 구석의 조그만 왕국을 지키기 위해 검이나 휘두르고 있겠지."

더없이 심각한 그 분위기에 레인은 입을 다물었다.

로일드 황제가 자신의 부모님에게 고마움을 느끼고 있다는 건 수십 번도 넘게 들은 이야기다. 그리고 실제로 본 황제는 의외로 소탈하고 잘 웃는 사람이었으며, 레인을 아들처럼 아껴주었다.

한마디로 로일드 황제는 그런 욕심과는 거리가 멀었다.

그걸 잘 알고 있는 자신이 의심을 했다는 게 레인은 부끄러웠다.

"뭐, 네가 생각하는 그런 일이 없으리란 법은 없겠지. 요즘 어머니 잔소리가 점점 심해지고 있거든."

뜬금없이 나온 트라시온 황자의 농담에 레인은 어이가 중발하는 감각을 느껴야 했다.

"하여간 아버지가 젊어지는 일은 없을 거야. 그리고 성녀는 교단으로 돌아가 보호를 받을 테니 걱정하지 말라고."

"정말… 다행이군요."

스스로 말하고도 뭐가 다행인지 레인은 혼란을 느꼈다.

그때 트라시온 황자가 다음 서류를 보고 자리에서 벌떡 일어났다. 그리고 갑자기 레인의 얼굴을 붙잡더니 볼에 쪼옥 소리가 나게 뽀뽀를 했다.

"이게 대체 뭐 하는 겁니까?"

레인은 버럭 화를 내며 얼굴에 묻은 침을 닦았다.

"고마워서 그런다, 너무 고마워서."

"아, 진짜. 그건 그냥 말로 해도 되잖아요."

"아냐. 이번 일은 정말 고마워. 안 그래도 도로시의 사치 때문에 세금에 구멍이 났었거든."

"예? 그건 또 무슨 소립니까?"

트라시온 황자는 서류를 들어서 보여줬다.

거기에는 수많은 귀족들의 이름이 적혀 있었는데, 가장 위에 로콘 후작이 있었다.

"이들의 작위를 박탈하고 재산을 모두 압수할 거야."

"예? 저, 전부요?"

"그래. 일단 본보기 차원에서 벌이는 일이기도 하니 강한 처벌이 내려질 거야. 거기다 제국의 재정은 조금씩 흔들리고 있었거든."

"대체 도로시 공주가 얼마나 많은 돈을 갖다 쓴 겁니까?"

레인은 황당해하며 소리쳤고, 트라시온 황자는 또다시 한숨을 내쉬었다.

"휴우! 너, 아무래도 좀 쉬어야겠다. 일이 힘들어서인지 모르겠지만 정신 상태가 정상이 아니야."

"그럼 휴가를 주는 거죠?"

순간 트라시온 황자의 눈에서 빛이 뿜어져 나왔다.

"그래, 휴가를 주지. 바람도 쐴 겸 어딜 좀 다녀왔으면 좋겠어."

"설마, 그래 놓고 또 이상한 일에 말려들게 하는 건 아니겠지요?"

"아냐. 이번엔 임무 같은 게 아니야. 그냥 어딜 좀 가서 쉬다가 오면 끝나. 겸사겸사 몸 관리도 좀 하고."

"거기가 어딥니까?"

레인이 눈을 초롱초롱 빛내며 물었다.

"테일드. 과거 테일론 왕국의 수도지."

"그렇군요. 테일드. 과거의 수도였다면… 지금은 국경 요새잖아요."

"어라? 알고 있었어? 바보인 줄 알았는데 보기보다 예리한 걸."

레인은 투정을 부리듯 고개를 휙휙 저었다.

"안 갑니다, 안 가요. 대체 휴가를 국경 요새로 가는 경우가 어디 있습니까?"

"미안하지만 레인, 휴가도 명령이야."

결국 레인은 다음날 짐을 싸고 말았다.

*　　　*　　　*

넓은 홀이었다.

정면의 단상에 앉은 커다란 체구의 거인은 손으로 턱을 괴고 있었다.

조직에서 마스터라 불리는 그는 평소의 권태로운 표정과는 반대로 호기심을 느끼고 있었다.

"실패했다고?"

“예. 하지만 흔적은 확실하게 지웠습니다.”

메라는 그렇게 말하며 고개를 숙였다.

페릭 루틴은 불쾌한 듯 인상을 찌푸렸지만 마스터가 말이 없었기에 가만히 자리를 지켰다.

“그것참 공교롭군. 안 그래도 며칠 전 페르제가 일을 실패했다고 연락이 왔는데, 메라 너도 실패했다는 말이냐?”

“예. 벨로슨이 일처리를 깔끔하게 하지 못했습니다. 황제의 개들이 냄새를 맡고 말았죠.”

“흐음, 그들에게 그런 능력이 있었을 줄이야. 이거 정말 한 방 얻어맞은 기분이군.”

메라는 조심스럽게 고개를 가로저었다.

“아닙니다. 벨로슨이 무리한 일을 벌이는 바람에 그 수하가 황제의 감시에 걸린 탓이었습니다.”

“자세히 이야기해 보아라.”

메라는 벨로슨과 제시트의 관계에 대해 간단히 설명했다.

원래 제시트의 상단은 남몰래 벨로슨과 거래를 했다. 남부 부족들 중 쓸 만한 여자를 노예로 팔았고, 그로써 부를 축적했던 것이다.

“거기까지가 제시트란 자의 그릇이었습니다. 하지만 귀족의 자리에 욕심을 냈고, 벨로슨에게 도움을 청했습니다.”

“벨로슨이 계략을 가르쳐 줬겠지?”

"예. 거기다 파리앙 자작가의 하이로드인 귀족을 설득시켜
주겠다는 약속도 했습니다. 하지만 그 과정에서 일처리가 미
숙해 황제가 개입할 여지를 주고 말았습니다."

마스터는 더욱 호기심을 드러내었다.

"벨로슨이 왜 그런 무리를 한 거지?"

"제시트가 사이실 교단의 성녀 후보를 발견했기 때문입니
다."

"성녀 후보라고?"

"예. 벨로슨은 경매를 통해 그녀를 팔고 막대한 부를 챙기
려 했습니다."

그때 페릭 루틴이 참지 못하고 끼어들었다.

"왜 우리에게 알리지 않았던 거지?"

메라는 그런 페릭을 노려봤다.

"난 지금 마스터와 대화를 하고 있다. 너 따위가 끼어들 자
리가 아니다."

페릭은 얼굴을 일그러뜨렸지만 차마 반박하지 못했다.

'빌어먹을 년. 파이론도 비협조적이지만 저년은 더욱 재수
없어.'

페릭이 그런 생각을 하는 사이 메라는 설명을 이어나갔다.

"벨로슨은 스스로의 능력을 증명하고 싶어했습니다. 조직
을 위해 많은 자금을 끌어 모은다면 신분이 상승할 거라 생각

했던 탓이지요."

"하긴 그런 공명심은 때때로 일을 그르치게 만들지."

마스터는 그 말을 끝으로 의자에 몸을 기댔다.

메라는 경매가 어떻게 망가졌는지, 그 이후에 경매에 참여했던 귀족들에게 어떤 처벌이 내려졌는지를 말했다.

"안타까워. 나중에 우리의 힘이 될 귀족들이었는데."

"예. 절반 이상이 구 왕국파였고, 단 한 명을 제외한 나머지는 친 귀족파였습니다."

마스터는 고개를 끄덕이더니 뭔가를 생각하는 듯 눈을 감고 흐르는 시간을 즐겼다.

"그런데 성녀 후보에게 그만한 가치가 있었나?"

"그건 잘 모르겠습니다. 그녀의 호위를 하면서 느꼈던 건 오히려 반대였습니다."

메라는 그제야 미소를 지었고, 마스터가 물었다.

"왜 그렇게 생각하지?"

"운명에 대한 저항력을 가진 성녀가 왜 노예가 되는 운명을 막지 못했을까요?"

"푸훗. 그래, 그 말이 맞는 것 같구나. 하지만 결국 성녀는 노예를 벗어나지 않았더냐."

"아닙니다. 신의 노예도 노예입니다."

마스터는 잠시 눈을 깜빡이더니 요란하게 웃으며 박수를

쳤다.

"맞다, 맞아. 성녀는 결국 신의 노예지. 그건 그렇고, 파이론은 뭘 하고 있는 거지?"

페릭이 대답하려고 입을 열었지만 메라의 말이 더 빨랐다.

"고대 유물의 흔적을 찾기 위해 테일드로 향했습니다."

"테일드라면… 테일론 제국이 왕국이던 시절의 수도가 아니더냐?"

"맞습니다. 지금은 제국 동부 국경의 주요 군사 요새 도시로 바뀌어 있습니다."

마스터는 고개를 돌려 페릭을 쳐다봤다.

왜 자신에게 보고하지 않았냐는 눈치였다.

페릭은 더듬거리며 입을 열었다.

"그게, 아직 확실하지 않다며 일단 조사를 해본 뒤 보고하겠다고 했습니다."

"파이론이 직접 나섰다면 믿어도 좋겠군. 지금껏 한 번도 실망시킨 적 없으니까."

페릭은 그게 사실이 아니라고 말하려고 했지만 메라가 보고 있었기에 조심스러웠다.

다른 듀크들은 그리 두렵지 않았다.

대립을 하고 언성을 높여도 자신에게 위해를 가할 이들이 아닌 것이다.

하지만 메라는 달랐다.

그녀가 원한다면 자신의 목은 어둠의 신 헬레이드의 손에서 춤을 출 것이다.

그때 마스터가 뭔가를 생각하는 듯 말했다.

"테일드, 테일드란 말이지……."

마스터의 목소리는 과거를 회상하고 있었다.

『엠페러 소드』4권에 계속…

Book Publishing CHUNGEORAM
송진용 新무협 판타지 소설

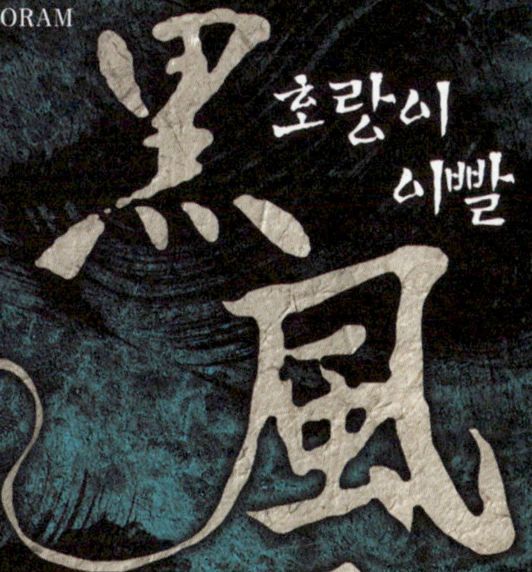

새로운 대륙, 새로운 강호에서
새로운 이야기가 시작된다.
검은 하늘에 빛나는 별처럼 찬란한 영웅들이 있고, 그들의 영혼을 탐내는 어둠이 있다.
그 혼돈의 시대에 태어나 불굴의 기백을 지니고 전장을 치달리던 장수 황보강.
그를 좇는 〈악몽〉들. 그리고 운명이라는 이름으로 결정지어진 고난.
그것들은 결코 떼어놓을 수 없는 그의 분신이기도 하다.
어느 날 황보강은 선택의 기로에 선다.
운명에 굴복하고 나 또한 〈악몽〉이 될 것이냐 아니면 내 손으로 내 운명을 만들어 나가는
자가 될 것이냐…….
전자의 길은 편하고 달콤할 것이며, 후자의 길은 가시밭길이 될 것이다.

〈악몽〉은 언제나 우리 곁에 있는 어둠이다. 우리들의 또 다른 모습이기도 한 것이다.
그래서 우리는 매 순간 황보강과 같은 선택의 기로에 서지 않던가.
그리고 무엇을 택하든 모든 운명은 〈무정하(無情河)〉에서 비로소 끝나리라.

Book Publishing CHUNGEORAM

RELOAD

리로드

Book Publishing CHUNGEORAM
이수영 판타지 장편 소설

'Fly me to the moon' 의 작가 이수영!
'리로드Reload' 로 귀환하다!

—빈약한 운명 하나를 쥐어 그 자리에 넣었구려. 허나 그대가 되돌린 인간은 인간이라기엔 너무도 강한 운명을 가진 자요. 그자로 인하여 뒤틀릴 운명들은 어찌하려오?

운명의 여신이 준엄하게 물었다.

—나는 대가를 치뤘소. 운명의 여신 베기르 라라여, 동의하시오?

전신(戰神) 카자르 엔더는 하나 남은 혈손을 위해 신력의 반을 희생했지만 그의 투기는 흔들리지 않았다. 그는 현존하는 전쟁의 신이고 대륙에서 가장 크게 숭앙받는 신이었다. 하위 신들과 비슷할 정도로 신력이 감소했어도 그의 영향력은 줄어들지 않았다.

—오만하구려, 카자르 엔더여.

베기르 라라가 냉소했다. 운명의 여신은 평소에는 조용했지만 뒤틀린 시간과 인과에 대해서는 엄격하였다. 그녀가 다스리는 운명의 굴레는 신들조차 벗어날 수 없는 것. 장대를 휘두르는 눈먼 여신을 신들도 두려워했다. 그러나 오만하고 교활한 전신(戰神)은 그녀를 외면하고 항의하는 다른 신들을 향해 미소 지었다.

—누누이 말하지만, 말로만 떠들지 말고 덤벼.

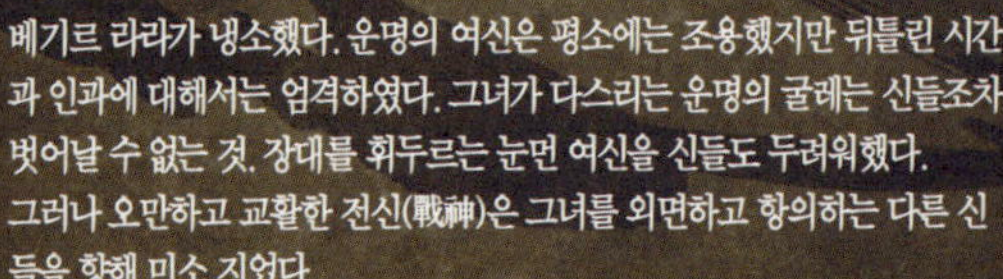

● '낙월소검(落月笑劍) - 달빛은 흐르고 검은 웃는다'
BOOKCUBE에서 절찬 연재 중.

Book Publishing CHUNGEORAM

유행이 아닌 자유추구 -
WWW. chungeoram.com

Book Publishing CHUNGEORAM

강명운 **판타지 장편 소설**

사립 사프란
마법 여학교였던 [외전] 학교

쏟아지는 개그!
빵빵 터지는 웃음!

히트작
「사립 사프란 마법 여학교였던 학교」 외전!
마론 일당의 숨겨져 있던 이야기, 지금 공개!

소녀들은 숙녀가 되는 예법을 익히며, 취미 삼아 마법을 배우는 요조숙녀들의 전당,

그러나 교장의 아주아주 개인적인 이유로 소녀들의 낙원에 세 남학생이 입학하면서,
「사립 사프란 마법 여학교」였던 학교가 되고 마는데…

바람 잘날 없이 시끌벅적 버라이어티한
학원 코믹 로맨스 판타지물의 정화!!

Book Publishing CHUNGEORAM
대호 퓨전 판타지 소설
Emperor Sword
엠페러 소드